月儿弯弯

冬 阳◎著

陕西新华出版
太白文艺出版社·西安

图书在版编目（CIP）数据

月儿弯弯 / 冬阳著. -- 西安：太白文艺出版社，2017.7（2025.3重印）
 ISBN 978-7-5513-1204-2

Ⅰ. ①月… Ⅱ. ①冬… Ⅲ. ①中国文学－当代文学－作品综合集 Ⅳ. ①I217.2

中国版本图书馆CIP数据核字(2017)第168397

月儿弯弯
YUEER WANWAN

作　　者	冬　阳
责任编辑	强紫芳
整体设计	盛业印务
出版发行	太白文艺出版社
经　　销	新华书店
印　　刷	三河市双升印务有限公司
开　　本	710mm×1040mm　1/16
字　　数	150千字
印　　张	11.25
版　　次	2017年7月第1版
印　　次	2025年3月第1版第2次印刷
书　　号	ISBN 978-7-5513-1204-2
定　　价	46.00元

版权所有　翻印必究
如有印装质量问题，可寄出版社印制部调换
联系电话：029-81206800
出版社地址：西安市曲江新区登高路1388号（邮编：710061）
营销中心电话：029-87277748　029-87217872

亲爱的＿＿＿＿＿＿

这是我，

一个乡村中学教师

一生琐碎生活的真实记录

却也是一个群体的画像

这是那个年代留给我们的珍贵礼物

我要把它送给你。

深爱着你的＿＿＿＿＿＿

序

　　仅仅着眼于文字的数量，《月儿弯弯》不是一部非常厚重的作品；但读完书稿，体味其内涵，并联想到作者的人生经历，心中却有一种沉甸甸的感觉，久久挥之不去。

　　作者冬阳（本名王东生）先生是一位古稀老人，终生在陕西省洛南县从事中学语文教学工作。因某种机缘，我和他的大儿子王亮先生有一次晤谈，并接受委托，为《月儿弯弯》这本书撰写序言。写什么呢？通过倾听王亮先生的介绍，通过阅读冬阳先生的著作和相关资料。我深深感到，最值得写的，是冬阳先生这位尽管不曾谋面、却让我倍觉亲切、深感敬崇的老者，写他作为父亲、教师、写作者，在自己的人生历程中留下的深深脚印。

　　冬阳先生是一位出色的父亲。

　　听王亮先生讲："父亲一生最感自豪的，是把三个孩子都培养成大学生，有了养家糊口和服务社会的一技之长。"由此，我们不能不对倾力、并精心培养三个子女成才的冬阳先生，油然而生敬意——要知道，在中国的农村家庭，对教育子女这件大事，父亲往往负有特别大的责任，也须付出格外多的心血和汗水。

　　冬阳先生对子女的成功培养，小而言之，是他个人与家庭的荣耀；大而言之，对我们这个社会，也有着不容小觑的意义。所有的孩子、尤其是为那些穷家子弟改变自己的命运的机会就是接受教育；而所有具有社会责任心的为人父母者，也应该积极参与其中。冬阳先生无疑就是这种有责任心的为人父母者，足以成为众多为人父母者的楷模。

　　冬阳先生是一位成功的教师。

　　在提供给我阅读的资料中，有着如下内容：冬阳，原名王东生，陕西省洛南县人。生于1947年，1968年高中毕业后任中学民办教师，曾在陕西省教育学院汉语言文学专业函授班学习，1983年毕业。在永丰中学任初中语文教师和班主任25年，任高中语文教师13年。职称是中学语文高级教师。2007年退休。

这是一段貌似平淡、实则饱含人生磨难和艰辛的文字。因为，熟悉中国教育、特别是熟悉中国农村教育的人都应该知道。所谓民办教师的社会地位和生活状况，曾经是怎样的不堪！为了保住收入微薄的饭碗，民办教师必须付出更多的汗水和心血，必须取得更好的教学成绩，甚至还必须学会格外谦恭地待人接物。在这些方面，冬阳先生都是相当出色的。

除此以外，他还通过业余函授学习，取得了大学文凭。从民办教师起步，最终成为有着中学语文高级教师职称的公办教师，冬阳先生显然是成功者。但追求成功过程中的酸辣苦甜、喜怒哀乐，却深藏在介绍冬阳先生简历的那一段貌似平淡的文字之中！

冬阳先生是一位真诚的写作者。

语言和文字，都是人类作为一种高级社会动物，进行交流的重要工具。文字是记录语言的符号。把零星的话语记录下来那叫语录，而把口头发表的一个故事、一番抒情、一通论说记录下来，就是文章。

人之所以要说话、要写文章，除过事关日常生活的交流以外，更因为在现代文明社会中，针对五花八门的公共话题发表自己的见解，这是每一个公民的神圣权利，也是社会健康发展的必须。而不管是事关日常生活的交流，抑或针对五花八门的公共话题发声，在真诚这一点上，绝不可有半点马虎。我曾为一家文学刊物题写有如下对联："诗须言志，笔下不可有欺天妄语；文能化人，书中应长存济世良心。"强调的就是这真诚二字。

冬阳先生在繁忙的教书育人工作之余，写小说、诗歌、散文随笔，我细细读过文稿，感觉到他都是在认真抒发自己的所见所闻、所思所感，不是那种欺世、媚俗的游戏文字。但如若拿文学作品的品格来衡量，我感到其中的诗歌最值得称道。冬阳先生显然是一个内心世界极为丰富的好人，他用朴实无华的文字，把自己深沉、真挚的感情徐徐展开、娓娓道来，产生了强烈的艺术感染力，是相当不错的诗作。

优秀的父亲，成功的教师，真诚的写作者——拥有如此丰富多彩的人生经历，冬阳先生应该无憾。

祝福冬阳先生。

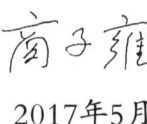

2017年5月

目 录

◎ **第一辑 小说**
  月儿弯弯…………………………………………… 002

◎ **第二辑 诗歌**
  葡萄架下的往事…………………………………… 074
  我歌颂寂寞………………………………………… 078
  无题………………………………………………… 080
  忆冬………………………………………………… 081
  我的幻想…………………………………………… 083
  支撑我灵魂的山菊花……………………………… 085

◎ **第三辑 散文、随笔**
  走向讲台…………………………………………… 088
  思念………………………………………………… 090
  祭奠………………………………………………… 091
  书信………………………………………………… 092
  追忆………………………………………………… 094
  甜蜜的梦…………………………………………… 096
  孤独………………………………………………… 100
  生日………………………………………………… 101
  海南之行…………………………………………… 102

神奇的天涯海角……………………………………106
难忘的分界洲岛……………………………………110
难忘的八达岭之游…………………………………113
西安火车站夜景……………………………………117
静夜思………………………………………………119
写给孩子的备忘录…………………………………123
人生的航行…………………………………………125

◎ 第四辑 读书札记

最优秀的人往往是最努力的人……………………136
如果没有勤奋，天才也将一无所获………………138
从大处着眼，从小处着手…………………………141
勤奋和智慧是双胞胎，懒惰和愚蠢是亲兄弟……143
热忱对一个人是相当重要的………………………145
热忱但不要盲目……………………………………147
今天偷懒瞌睡流的口水将成为明天的眼泪………149
永远不要把今日之事拖到明日……………………151
知识是最安全的财富，小偷也无法偷走…………154
不断充实自己，并学会把知识转化为能力………155
投资未来的人，才是忠于现实的人………………157
利用你的创造力打破思维的枷锁…………………158
如何抓住身边的每一次机遇………………………160
盲哑姑娘的故事……………………………………162
大学校长出走以后…………………………………164
贫穷而不自卑………………………………………166
一个穷大学生的自述………………………………168

第一辑 小说

本辑收录作者一部长篇小说《月儿弯弯》，共计十二章。

李家湾地处秦岭深处，庄户只有十来家，房屋都面向东背靠西一字儿排开。庄户的前面是一条不大的小河，小河由北向南流去，当地人称它洛河。庄户后面是陡峭的山坡，它是秦岭的延续，人们唤它虎头山。因着山体的形状给它起了这个名字。

月儿弯弯

第一章 被遗忘的角落

谁曾想过天下还有个李家湾？没有，因为这个村庄太平常不过了。在千千万万个村落中，它最不起眼，既没有什么名胜古迹，也无名人降生，只有一群目不识丁的庄稼汉。

从远处看，圆圆的山包，黑黝黝的岩石正是那虎头，嘴巴向前突出，两侧有小小的山包，虎头后面山体的走势犹如虎身向下缓缓卧下。而两侧的小山包，十分像虎的两只小耳朵，你远望那山势，仿佛是安闲蹲卧在那里的老虎，真是惟妙惟肖。夜静时，那哗哗洛水弯弯曲曲绕山而下，远远望去，那小河像是一条白绸飘带，从天而降。洛水两岸山崖耸峙、松柏苍翠，一直连接到秦岭。

李家湾依山傍水，虽不怎么起眼，却也是清静的去处。村前有一块大约五六十亩的河滩地，平整肥沃，这也是沾了大自然的光。河道中有一块很大的黑石头，拦腰截住南去的河水，那奔腾不息的河水整年整月地拍打着这块黑石头，恨它挡住了自己的去路。然而这块石头，大的无法比拟，谁也不知道它有多大，只能看见它露出水面的部分，活像一座房子，我们唤它三间房，这是人们根据它的外部形状而命名的。它把河水堵截着，而河水只有绕过它身侧，向南流去，因而形成"月牙"形的地貌。在三间房的西边，地势渐高，岸边长着株株粗壮的河柳，护卫着这片得天独厚的土地，这正是上帝赐予的风水宝地，千百年来养育着这里的人们，繁衍生息，代代相传。

全村十来户人家，一半姓李，姓王的占剩余半成的二分之一，其余几家，都是零零散散从外地来的，也占剩余半成的二分之一。李王两家在全村的户面较大，两家积怨较深历来是争斗不息，从先辈到现在，两家大大小小的纠纷从来也未平息过。

一九五七年，这个小村庄也和全国各地一样由原来的互助组走上了合作化的道路，各家的地被公有化，牲畜也公有化了，连人都公有化了。合作化的第一年麦收后，家家都分到了金灿灿的麦子，装满了囤。

天气火辣辣地，田里的禾苗长得正旺盛，大人们都到地里锄草去了，孩子们闲着，就三个一伙、五个一群，奔河边玩水去了。

黑三和他的两个伙伴贵生、黑牛挎着篮子拿着镰刀来到他们的乐园——三间房。还未到河边就一个个解开衫子的扣子，奔到河边，唰唰地脱了个精光，赤条条地扑通扑通跳到水里去了，河面上响起了阵阵的击水声，水花四溅。他们在水里游累了，爬到三间房顶的黑石头上，一个个像泥鳅似的睡在那被太阳炙烤得热乎乎的石头上，真是舒服极了。等睡热了他们又站在石头上，像鱼跃一样跳到水里去了。他们生在河边，自然水性都很好，黑三擅长潜水，一跳下去直接潜到水中，水是相当深的，自然摸不着底，等憋得实在不行了，再露出水面，大口地换一次气又潜下水去，直钻到对岸浅水的地方才出来。贵生擅长仰浮，他面朝天，叉开四肢，睡在水面上，一会儿将手一划，双腿一蹬，哧溜哧溜地划过去了。他们三个游尽兴了，才爬上岸，睡在那软绵绵的细沙滩上。这时，只有这时，他们的心情是多么的快乐，好像整个大自然都是属于他们的。

上岸后，他们一个个赤条条地开始捉螃蟹。洛河里的螃蟹是极好捉的，只要你搬起水边的石头，那下面多的是，大的有茶杯盖那样大，小的有麻钱那样大，至于像麻钱大的他们根本看不上。不要多大工夫就可以捉到几十只，每人都用细麻绳将螃蟹一个个串起来，不串是不行的，这些横行将军趁你捉别的螃蟹时，它就会逃之夭夭。当午后三四点时他们三个人每人提一串，便高高兴兴地回家了，然而草确实一根也没有割到。盛夏的中午，由于

月儿弯弯

太阳毒得很,不割草大人也不会责怪的。

三人一起来到黑三家,又开始了佳肴野餐。黑三抹锅抱柴;贵生宰杀螃蟹,把一个个螃蟹的大腿小腿都扭了下来;黑牛忙端来一盆清水,不大一会儿,满满两碗蟹腿,已洗得干干净净。这时黑三已把油烧开了,两碗蟹腿向锅里一倒,顿时噼噼啪啪地响起来了,满屋飘起一股浓香味……

不一会儿,三人围着一碗烹得金黄的蟹腿,用手直接捏着争吃起来。那咸咸的油油的酥脆的蟹腿嚼起来,真让人回味无穷;那嘎嘣嘎嘣的声音,比吃饼干还要香;那愈嚼愈带劲的娃们,嘴角都流出口水来,敢情这天下的佳肴野蔬全让他们给享尽了。

随后他们又煮了蟹壳,揭开壳后金黄的蟹黄又是一顿美餐……

天黑了,贵生和黑牛都已回家了,只有黑三躺在只有一张席片的土炕上,家中已没有油点灯了。他们中午吃螃蟹时把那仅有的一点油用完了,晚上黑三只有摸黑了。至于煤油、矿蜡那时还没有运到这偏僻的山村。黑三把双手放在头上,眼瞅着窗外的星星,中午的欢乐场景不断地浮现在他的眼前,在河水中游泳、捉螃蟹的乐趣在他脑海中回荡不已。

贵生的精明,黑牛的倔强,使他又想起了三个人从穿开裆裤就是"卖烧馍不离笼襻"。贵生的名字说来也怪,与常人不一样。那时人给孩子起名字,都是猫、狗、猪、牛、羊、蛇、虎等,按照十二属相叫的居多,如丑娃一定属牛,申娃一定属猴,人们常说名字叫得贱了,孩子才能长好,叫起来也顺口。

但贵生这名字还得从头说起。一次贵生发烧,他妈很着急,就把常给孩子看病的老太婆请来。这土医生摸了一下贵生的额头觉得有点儿烫,便把缝衣服的针在灯焰上烧一下,随后在贵生的中指上扎一下,用手挤出点血,又在额头上扎一下,挤出点血,随后用盐粒子给消一下毒。贵生疼得哇哇大哭,土医生抓住贵生的手边哄边用嘴吹,他一看贵生的中指指纹是一个"镯

第一辑·小说

子",又看了其余四个指头,也全是"镯子",土医生惊讶得很,孩子十个指头全是"镯子",她讨好地随口说:"这孩子将来是个大富大贵之人,成人后银钱花不完。"贵生他妈听后,当然很高兴,于是给土医生打了两个鸡蛋,又放些糖。随后他妈也就给孩子起了名字叫"贵生"。

这是我们长大以后才从大人的口中得知,我也不止一次地看过贵生的指纹,十个指头十个"镯子"。长大后我才认命,正所谓人的命天造就,这当然是后话了。而黑三只有无名指是"镯子",中指和食指都是"斗",而大拇指和小拇指又是簸箕。

黑三在家中排行老三,他爸给叫三娃子,前面有两个哥哥。大哥在1948年被国民党保长拉了壮丁,那时他大哥才十八岁,直到解放也没回来,杳无音信,可能是早已死在战场上了。二哥因家中生活艰难,到关中给人当了上门女婿。三娃因为人长得黑,后来村上人都喊他"黑三"了。

孩子们自有他们的乐趣,谁能理解大人的难处。当天黑下来以后,黑三他爸用火点着那古老的油灯,这种灯是老辈传下来的,油是人吃的食油倒在灯窝里,用絮棉搓根捻子,油灯焰有豆粒大小的火焰,实在照不了多远。当王仁厚(黑三他爸)给灯窝添油时,一看原来油壶里仅有的一点油早没了,才知道白天让几个孩子们炒螃蟹,把油用完了,他不由得叹了口气,摇摇头,但没有半点责怪黑三的意思,过一会儿,灯窝的油干了,豆粒大小的火焰慢慢熄灭了。

后来上了中学,学校老师说过有人从山外回来,带回那洋油灯,又亮又省钱,可他家里哪有钱呢?还有老师用的洋蜡,他家更买不起。听老师在课堂上说过,山外面楼上楼下电灯电话,他根本想象不到电灯是何物,电话怎么能听见远在外地的人说话呢?楼上楼下更是天方夜谭……几年之后他终于从镇上打了一斤煤油,从此用上了所谓的洋油,告别了先辈们的油灯窝,再往后他才领略了什么是楼上楼下,等他上高中时才真正用上了电灯、电话。

月儿弯弯

有一次父亲到学校给他送馍，天下大雨，晚上在学校过夜，父亲卷了一支烟，当时在电灯上点了半天，总是吸不着，很生气，随口说："我在家就着灯一点就着，今天是怎么了呢？"

第一辑·小说

第二章　五万五

新中国成立的春风吹醒了这沉睡的李家湾，斗地主分田地轰轰烈烈地开展着。李家申家里也分到了三亩地和一头牛，这个上无片瓦下无立锥之地的庄稼汉从此有了自己的土地，年前又娶了一房媳妇，正等着要娃呢。现在那真是三亩地一头牛、老婆娃娃热炕头。

接着是镇压反革命运动。李家湾人人有地种、个个有饭吃，三五年工夫，大家日子红红火火，一群穷怕了的庄稼汉，终于过上了做梦也想不到的好日子，人人喜气洋洋，个个心花怒放。

接下来又是查田定产，组织互助组，转入初级社，进而一夜之间又成了高级社，大家都想着明天说不定就是共产主义。

李家申原来叫猴娃。猴娃当上了生产合作社的队长，被派到乡上开了两天会，等回了李家湾后，昔日穿开裆裤的猴娃成了李家湾的头面人物，那些小伙伴见了叫猴哥、猴哥，还有开口猴队长、闭口猴队长地叫个不停。

小伙伴谁都知道"猴下山"，于是见了家申也不叫申娃，更不叫猴娃，送给他一个绰号"猴下山"。

家申也不恼，也不嫌，领下这顶帽子。他在乡上开了两天会，乡长传达了上级指示精神：今年要"大跃进"，成立人民公社，还有总路线，这三面红旗要插遍全中国；上级指示："人有多大胆、地有多大产，外地一亩水稻能收三五万斤，全国又要大炼钢铁……"

新任队长"猴下山"听得着了迷，心里激动不已，他也要干一番大事业，领着李家湾人冲上去。自从昨晚回家后，他一夜未合眼，天刚一亮，他就到红

月儿弯弯

鼻子杨老四家安排通知全队社员他有重要指示传达……

红鼻子杨老四领了家申队长的"圣旨",一大早火急火燎地拿起日常开会用的一面破锣,一把榆木槌槌,咚咚地敲着,然后放开嗓子喊着:"全村男女社员,都到村北头橡树底下开会了。"接着又是咚咚震耳的破锣声。黑三、贵生、黑牛这三个小捣蛋更觉得新鲜,跟着红鼻子杨老四也吆喝起来。不大的李家湾,从南头到北头要不了三分钟,全村男女老少都向北头涌去,就连一向不肯出门的王寡妇也将头伸出半开半闭的门,听了半天,蹑手蹑脚地跟在人群后面,等到了橡树底下,她远远靠在一棵小柿树上,看着这热闹的场面。

一大群男女老少都拥挤在橡树底下,像看戏一样,等着开台。队长看来的人差不多了,他先干咳了两声,清清嗓子,然后提高嗓门喊道:"大家静一静。"这一喊全场顿时静了许多,大家入社后像这样的会很少开。他望望全村的男女老少,然后宣布:"上面有政策,我们今年要大……"他用手拍拍脑门,想不起来那个"跃"字,他只念过三天两后响的书,大字不识几个,最后说道:"上边要大跑进。"下面几个青年小伙喊"大跃进"。听下边喊"大跃进",他忙改口说:"'跃进'和'跑进'都差不多,一个意思,都是向前呀,现在我们李家湾也要人人敢想、个个敢干,今天我们就打擂台。"

队长的话音刚落,忽然一个留两条尺把长的辫子的婆姨跨上了台子,台下轰的一声炸开了锅,这黑女子是李家申开年才过门的媳妇,她细高细高的个,黑红黑红的脸,双腿总是一拐一拐地,小伙子送她个雅号叫"拐子鱼"。这黑女子上台后,一拐一拐蹦到台前,又提高嗓子宣布道:"我是咱村的妇女主任,我今天上来打擂台"。台下有几个人高喊:"谁选的妇女主任?"黑女子说:"那是队长任命的,还不服气吗?""嗷……"台下一阵笑。她喊道:"人有多大胆,地有多大产,东坪四亩二分三,总产要达到五万五,谁若不服到台前,擂台上咱俩比比看。""呀!"台下又一阵骚乱,小伙子举起大拇指直呼:"厉害、厉害!"年老的吃惊地半天合不拢嘴,妇女们看拐子鱼的姿势,都笑得捂住肚子直不起腰来。猴队长一听先是一愣,接着扬起手高呼:"好大胆,这个胆比尿壶都大。"台下又轰地大笑起来,队长又喊:"谁敢挑战?上台来呀!"丑旦早就急得等不得了,他大步流星地蹦上去,擂起台角的那面破鼓,咚咚咚、咚咚咚!这声音震得人耳朵嗡嗡响,擂了一阵鼓,然后对众人吼道:"人有多大胆、地有多大产,大炼钢铁一万三千吨超过英国把美国赶。"最后他高举双拳,向台下宣布道:"钢铁元帅升帐了。"台下人"呀!"一声高呼,人人都笑得东倒西歪,气岔得缓不过来,大家都以为是在看戏。在互助组时曾当过组长的王仁厚,听了这两个宝货的话,目瞪口呆。队长高高地喊道:"说得好,说得好,还有谁敢来挑战呀?"

擂台归擂台,谁人把它放在心里,都觉得拐子鱼、丑旦是说疯话,有谁担心那"五万五"与"一万三"的。

黑女子的娘家就在邻村,她的原名叫张木豆(婴儿之意),长大后老是风风火火的,娘家人都唤她"张不够"。嫁过来后,青年人背后都叫她"拐子鱼",这名字好记好叫又有她的特征,老年人也记不住她的名字,就唤猴娃媳妇。眼看到了种麦子季节,拐子鱼走马上任,领着小伙姑娘一大群,先是把全村的肥土都运到那块丰产田里,一筐筐的肥土倒起来,然后用铁锨把土翻了二尺多深。拐子鱼天天到现场督战,地翻好后,拐子鱼与丑旦商量:要夺得高产,一亩要收麦子一万斤,一亩顶去年全队小麦总产量,这四亩多地收的小麦全队人吃四年还吃不完。她越想越乐,走起路来两条腿越拐越有劲……

拐子鱼等地整好后,派了四名精壮的小伙子,担来四百斤"蓖麻一号"小麦种,每亩要下种一百斤。这时好心的王仁厚急急赶来,他拦住要下种的拐子鱼,亲切地叫道:"孩子不能这样,哪有一亩地种这么多的,你要听我说呀,一亩地只能播种二十斤。"拐子鱼一听先是和气地答道:"大叔,这是丰产田,一亩要收一万斤呀。"仁厚也耐心地解释着:"孩子,麦子太稠会倒伏的。"拐子鱼一听就火了:"这是我们青年丰产田,用不着你操心。"

月儿弯弯

拐子鱼还是把麦子种下了，一时间满地白花花一层麦种，只要你弯下腰双手一捧就能掬起一捧麦子。为了大丰收大家拉耙的、拉磨板的快活不停。

五万五丰产田小麦种好了，过了十多天，满地绿油油嫩乎乎的麦苗破土而出，"大跃进"的第一面宏伟蓝图绘起来了。

这年全村就只种了这块小麦，其余的土地都翻成老秋地，准备下半年种玉米。来年一开春，那小麦在春雨滋润下，丰产田成了绿地毯，孩子们都到丰产田里打滚、摔跤，那麦田踩上去软绵绵地，看不见一点儿泥土。公社书记也来参观了丰产田，回去后在大会上表扬了一番，青年干事到县上请来了照相师给丰产田照了相，李家申和拐子鱼双双到县上参加了"大跃进"先进人物表彰大会，一时拐子鱼成了全县名人。

清明节过后，小麦开始拔节了，齐刷刷，绿茵茵，像春韭，宽宽的叶子，密密麻麻。拐子鱼每天必到那五万五地里转几圈，晚上做梦都是那一堆金灿灿的麦子……

小满过后，一天晚上天下了阵小雨，第二天有几处长得高的地方出现了倒伏，于是拐子鱼买来五大捆草绳，几百斤藤条，在地周围打上木桩，用草绳子一畦一畦拉起来，好像大鱼网似的，给丰产田搭了架子。农历四月初，麦子开始报头了，谁知两天春雨后，麦子又全部趴在地里了，那草绳也无济于事。麦子睡得太实在了，平坦坦地躺在地里，谁也无回天之力了。

五万五呀五万五，结果收了一百二十五斤有皮没面的秕秕麦子，黑女子的绰号从"拐子鱼"变成了"五万五"。

第一辑·小说

第三章 钢铁元帅升降史

这年冬天,大炼钢铁又开始了。李家湾全村男男女女都开始吃大锅饭了,各家原有的粮食无论多少都在拐子鱼、丑旦和新任生产队会计黄六指的搜查下,担到了王仁厚家的大院子里。昔日整齐、宽大、清净的农家大院,而今五间主房被生产队强行搬空,变成了食堂的大饭厅。北边的厢房,一字儿支起四口大锅,南边是粮仓,轰轰烈烈的大锅饭从此降生到人间,多么伟大的创举呀!

丑旦领着几个毛头小伙把全村的大锅和小锅往石头上一摔,所有铁器镢、锄、铲、勺等不管能用不能用,都集中起来,一律人挑牛拉,运到八里桥炼铁厂那里。60岁的王仁厚、杨大叔等中老年人被编在运输连里给炼铁厂运送物资。每天鸡叫头遍后,黑三妈就唤醒老头子:"三儿他爸,快去食堂领那个黄豆馍去,小心迟了人家取消了你这运铁差事,我和咱三儿就没馍吃了。"仁厚老汉一骨碌翻身下炕,到食堂里领了二斤黄豆馍回来,给老伴和孩子留些,随后挑起碎锅片跟在运输大队的后面向50里开外的炼铁厂去了。

夜深人静后,仁厚老汉拖着那疲劳不堪的身子回到家中。黑三在睡梦中听到说话声,急忙爬起来,嚷着问:"爸,我也要到炼铁厂看看热闹,你明天带我去吧。"仁厚老汉用他那冰冷的手抚摸着儿子的头,叹口气说:"三娃子,爸明天带你去,那里热闹得很,一丈多高的炼铁炉,二十几个人用绳拉一口大风箱,炼呀炼呀,那炼出来的铁疙瘩满地都是。哎,那炼出来的铁疙瘩有啥用呀,天呀,害人精,把人害苦了。"黑三只觉得很新鲜,并不知道爸为什么叹气呢。

月儿弯弯

炼铁烧什么呢？南边山坡上有的是茂密的松林，于是小伙们都去山里砍松树、橡树去了，砍下来一律烧木炭，木炭火力硬，才能把铁熔化。那时实行军队编制，一个冬天全村壮年劳力编到了运输连，稍年轻的编入烧炭连，而吃饭磨面有妇女连，还有炊事连，人人都在大干。坡上树砍光了，家里铁送完了，木炭化尽了，铁疙瘩摆满了……

第二年夏天，一场暴雨来临了。八里桥的河边那铁疙瘩满河道都是，它挡住了龙王爷的去路，龙王爷一怒之下，横冲直撞，八里桥、大柳树那平整的土地都变成了乱石滩。南边山坡的树被砍光了，大雨一来，山体滑坡，房屋倒塌，灾难降临。麦后李家湾人吃什么呢？指望那125斤秕秕麦子？"五万五"呀，那超英赶美的"一万三千吨钢铁"呀，真叫人心疼。

这就是1958年的"大跃进"，多少个李家湾，多少个"五万五"，多少个"一万三"呀，这就是钢铁元帅的兴衰史。

第一辑·小说

第四章 出庭的狼

1959年是食堂化的鼎盛时期，李家湾的食堂设在了王仁厚的大院子里，仁厚老汉被迫搬到村边的破烂牛圈里住。

李家湾的男男女女，无论出工有多远，当听到食堂院里的破钟敲响后，一瞬间大人跑，小孩哭，嚷嚷闹闹如开闸之水，涌进了食堂的大院，这种条件反射太灵敏了。向来以李家湾大院著称的王仁厚老宅，顿时也显得窄小了。大盆小盆的撞击声、大孩子用筷子敲碗击盆的咣当声、吃奶的婴儿由于吸不到母乳的哭啼声、男人斥责谩骂声、女人爱抚的哄儿声，汇集在一起，像是一曲交响乐。那一张张饥饿的嘴巴不时地一张一翕，一双双渴望眺一下是什么饭的眼睛，直向锅台那边瞅，个儿矮的不时踮起脚跟望，哪怕看一眼，也好享受一次眼福。

等啊等，一分钟、两分钟，好不容易半个钟头过去了，食堂管理长黄六指和丑旦抬了一箩筐黑乎乎的麦麸馍出来了，不知是谁第一眼发现的，只听轰的一声拥过去，将箩筐围得水泄不通，你争我抢难分难解。

黑三虽是个十一二岁的孩子，但他眼尖腿快，唰的一下从大人的腋窝下钻了进去，两只小手从箩筐里抓起四个馒头，搂在怀里，静静地趴在箩筐沿上，他怎么不起来呀？他挣扎了一下不行，再挣扎了一下还不行，原来他背后满是人手，他能起来吗？

拥挤慢慢松下来，黑三这才缓缓地直直又酸又困的背，抱起四个热乎乎的黑蛋蛋，嘴里喘着粗气，回到了他家的饭桌边，仁厚老两口看见黑三抱着那盼望多时的黑馍馍，霎时脸上多云转晴，喜出望外。

月儿弯弯

邻桌的杨二叔还在箩筐边打转,手伸到东边没抓着,转到西边还是抓不着,二叔的女儿柳青一见黑三抱回馍头,急得直嚷嚷:"黑三哥我要馍馍,我要馍馍,我要馍馍。"黑三顺手把一个馍头塞到柳青怀里,自己又转头向箩筐那边跑去……

仁厚老汉家和杨二叔是近邻,两家世代和睦要好,柳青比黑三小两岁,黑三总是把她当自己妹妹一样照顾着。

等黑三二次到箩筐跟前,那些黑馍馍早已被人洗劫一空,只剩下一些你争我夺落下的馍花花,黑三用手拢在一块,双手捧起,大口大口地吃着。

管理员黄六指一看馍已精光,他站在台基上高声骂骂咧咧:"真是一群饿死鬼,小心噎死了,还要我抵命哩!"他嘴里唠叨着,矮矮的身子一挺一挺,那凸起的肚子,还一颤一颤。骂完了,气也出了,他喊道:"丑旦,梁丑旦。"丑旦边跑边应:"黄哥,我在这里。"丑旦立刻溜到黄六指面前,黄六指手一扬:"去,快去给我担豆馅汤去(由黄豆磨碎做成的汤,当时只有黄豆)。""是、是、是!"丑旦一扭身去担豆馅汤去了。吃到馍的心中有些踏实,端起一碗汤吸溜溜地喝着;没有争到馍的只好盛一碗汤,用嘴呼呼地吹几下,等稍凉些,呼噜呼噜地喝起来了……

自从转了食堂化以后,各家各户的粮食都被丑旦、拐子鱼连搜带查担到了保管室,各家的大锅小锅都被炼了铁。可是原来各家养的牲口怎么办呢?当然牛、驴、马、羊、猪也转了他们的大饲养室去了。农村有句古话:"富不离书,穷不离猪。"李家湾在转社前有大牲口30头,到1959年只剩下5头牛了。

王仁厚老汉从新中国成立前到转为合作社就一直是李家湾的养猪能手,他养的猪长得快,肯上膘。在食堂化后,他就是李家湾的饲养员,喂了十来头猪。那个年月人都饿得要死,更何况猪呢?虽然王仁厚每天都把猪圈垫得干干净净的,糠也用热水烫得软软乎乎的,可是没有半点精饲料,猪能喂养好吗?

更奇怪的是每过几天圈里就少一头猪,还是有肉的,说是死了,不见死猪；说是丢了，猪圈门关得牢牢的。从秋后到入冬丢了好几头，王仁厚也心灰意冷了，老汉先去找丑旦，把情况说了一遍，这时黄六指也过来了，先是怒冲冲地瞪了王仁厚几眼，然后又假惺惺地说："老王叔，丢了就丢了，别放在心上，不过你给咱大队的支书说一下，就算没事了。"仁厚老汉心中猜疑，但不知其意。李家申从成立大队以后，由队长升任了支书。

仁厚老汉来到李家申门前，支书的小女儿正蹲在门槛上端着一个小碗吃饭呢，王老汉走到门前一瞧，原来是半碗没吃完的炒肉丝。他先是一愣，心咚咚地跳起来，心想这年月支书家还有肉吃，真是不可想象呀，他也曾想到前些日子他的饲养室不明不白地丢了些猪……

仁厚老汉愣在门口，觉得进也不是、退也不是，正在为难，支书的小女儿跑进去，喊了声："妈，来人了。"支书的婆娘拐子鱼慌忙出来，先骂声："死女子，谁让你乱跑？"又向仁厚老汉赔着笑脸，故意高声叫道："老王叔，你来啦，走，屋里坐，外面冷呀！"她嘴里说让进屋里坐，人却两手搭在门框上，仁厚老汉问道："支书在家吗？""在。"她边说边向屋里喊，"她爸，老王叔来啦。"只听见支书说："知道了。"伴有碗筷的响声，这婆娘听到屋里的响声，这才边笑边放开手。"看，看，我只顾说话，王叔快进屋、快进屋。"她装作很抱歉地说。仁厚见她放开手，这才跟着这婆娘到支书家的院子里，支书这时站在上屋的门口，嘴里还嚼着什么。

仁厚老汉把这几天丢猪的事向支书说了一下，要他看怎么办，支书一听好像没事地说："老王叔，我当是啥子大不了的事，我知道了，你回去吧，好好喂猪，丢了权当是叫狼吃了。"

仁厚老汉听了支书这么一说，心里踏实多了，说声："那你忙吧！我回去了。"边说边转身朝回走，支书说声："那我就不送了。""不送、不送。"仁厚边说边走。

在往回走的路上，老王老汉心里纳闷着，支书女儿碗里的东西、支书婆娘

月儿弯弯

的举动、支书在屋里的情况，这些都在他脑子里打转，他暗暗地骂道："你这猴精猴精的，我算把你看透了。"但他是个忠厚的人，从不会想那没有证据的事，更不会把别人往坏处想。

1959年的冬天，不知是人饥饿还是天气冷，简直冷得受不了。仁厚老汉睡在土炕上，一条薄薄的被子盖在身上，一会儿风从这边往里钻，他拉拉这边，而那边风又趁机钻进来，好像故意跟老汉作对似的，总是冷得难以入睡。他索性坐起来，披上那件烂棉袄，点燃那盏煤油灯，那油灯的灯焰只有黄豆粒那样大，昏黄的油灯在风中一晃一晃地，他又拿起那支水烟锅，近着灯呼噜噜地抽起来。他隐约地听到狼的叫声，他停下抽烟，仔细地听，那是狼的叫声，仿佛由远而近。据说狼叫时，把嘴插向地面，然后慢慢地抬起头来，所以你听那声音，先是远后是近，仁厚老汉心慌了起来，心里琢磨着，莫不是狼在饲养室那边？一想到这些，他越发坐不住了，他叫醒黑三妈，老伴醒来也听到了狼的叫声，女人家更是害怕，说啥也不让他去看看，但她心里又担心饲养室那几头猪，最后没法，还是推醒了正在熟睡的三娃，说："三娃，你快起来，给你爸做个伴。"黑三听说做伴，忽地翻身起来，父子俩各拿一把锄头直奔饲养室，黑三走在前，他爸走在后，忽然黑三退后两步，碰在他爸的怀里，仁厚老汉先是一惊，再仔细看时，前面不到三丈远的地方有一个黑疙瘩，黑三小声说："爸，咋办？"仁厚老汉只是干咳了两声，给自己壮胆，接着父子俩双手举着锄头，借着一点月光，猫着腰，向前挪着，小心翼翼地向前挪了几步，这才看清前面确实是一头狼，正在那儿吃东西呢。那狼早已发现了他们，一双蓝莹莹的眼睛瞪着他们，嘴里发出发狠的声音，两只前爪不时地刨起地上的土，头颈伏在地上，看样子要搏斗了。仁厚老汉先把黑三向后一拉，自己站在前面，然后把锄头使劲地往身边的石头上一磕，咣当一声，锄头与石头撞击后，发出一道火星，这一声把狼吓得退后几步，仁厚颤声喊道："打。"父子二人向前猛地一冲，狼被吓跑了。仁厚父子到跟前一看，一头猪已被狼咬死，脖子上还不断地流血。他俩把猪拖回家,再到饲养室一看,是狼把饲养室圈门的木板给碰开了,他们赶紧把圈门关好,方才回到家里。黑三妈正在炕上吓得浑身打战,嘴里结结巴巴地问:"三……娃子,你俩……回……来啦。""回来啦,妈别怕。"黑三安慰妈妈,一听说没事,黑三妈的心跳得慢了,这才用颤抖着的手端起那盏油灯,走了过来。

仁厚老汉坐在灶前的那个木墩子上,叹着气,半晌没说话。黑三跟他妈静静地站在那里,不知道说啥好……过了会儿,仁厚老汉忽地站起来,嘴里怒骂道:"有你猴吃的,有狼吃的,就没有我老汉吃的?"黑三妈被他这没头没脑的话弄懵了,"三他爸,你疯啦,说些啥呀?"仁厚把脚一跺,怒冲冲地说道:"我要把这猪剥了,边说边到案板上拿一把刀,开始剥起猪来。黑三他妈赶紧上前拉住仁厚老汉:"三他爸,你好糊涂呀,万万使不得,使不得,要是叫人知道了,你跳进黄河也说不清。"黑三也劝道:"爸,不行。"

仁厚老汉气呼呼地说:"都不要管,这年月,人都要饿死了,我吃了头死猪,不信犯啥王法。"说着拿刀把那死猪皮剥了,这猪瘦得可怜,剥了皮,连骨头带肉,满共装了一面盆。

猪皮剥了后,天也麻麻亮了。仁厚老汉把那猪皮、猪头埋在门前的小树底下,等天亮后就出工去了,晚上收工后,他把那铁面盆放在锅台上,下面点着火煮着。

仁厚老汉半躺在炕上,黑三妈在灶口搭火。梁丑旦是个烟鬼,没有烟,老是到仁厚老汉那里要烟,这会儿他来到仁厚家,拖着那没有后跟的鞋,走路吧嗒吧嗒地响,黑三妈一听就知道了,随手把那面盆端起来往墙角一放,这时丑旦已经进门,嘴里叫着:"干爸,给娃一把旱烟。"仁厚说:"在老地方,自己抓去。"

丑旦抓烟时无意中瞅见了那正冒热气的一盆肉,先是一愣,随后抓了一把烟,说着:"我走了。"急急地出了门,黑三妈也不知道被丑旦发现了。

月儿弯弯

黑三妈对仁厚老汉说:"他爸,望老天保佑,丑旦没有看到什么。"

丑旦走了不大一会儿,红鼻子杨就打起了锣,嘴里吆喝着:"全队社员到食堂大院开会了。"这锣声敲得黑三妈心里发慌,这吆喝声刺得王仁厚心里钻心的痛。但他没办法,只能硬着头皮来到食堂大院,只能听天由命。他知道大祸临头了。只见大院的正中摆着一张方桌,凳子上坐着支书、黄六指,杀气腾腾怪吓人的。仁厚老汉低着头,就往那墙角一蹲,一顶破毡帽拉得几乎把眼睛都遮住了,双手捂着脸,等待支书发落。

正在这时,黄六指站起来,让大家静一静,然后咳嗽两声,提高嗓门说:"现在请李支书给大家开会。"支书慢慢站起来,先环视了一下整个会场,然后大声说:"社员们,咱饲养室最近老是丢猪,前面王大叔也给我说过,你看昨晚又丢猪了,哪个社员知道情况,就说一声,集体牲口,人人有份,不要知道不报呀。"

仁厚老汉再也忍不住,他猛地站起来道:"不,是狼昨晚咬死的……"他急忙争辩着,脸已变成了酱紫色。全场的人把眼睛都投向王仁厚,人人疑惑不解。"哈哈哈",支书冷笑一阵,接着说:"好,仁厚大叔知道下落,那好,那就叫仁厚叔说狼在啥地方咬死的,那死猪呢?""这,这……"仁厚老汉声音哽住了。黄六指把桌子一拍,得意地叫道:"真是贼喊捉贼,还给狼栽赃哩。"仁厚老汉用恳求的眼光望望这个、又望望那个,然后"哎"的一声蹲在地上,一言不发。

黄六指看看丑旦说:"那咱俩帮你干爸寻寻,不能冤枉人呀。"

黑三妈一听,呜呜地哭起来了,会场一片混乱,有叹气的、有讥笑的,大家心里都琢磨着,仁厚这么老实的人,为啥能做出这事儿来,真是人心隔肚皮……

不大一会儿,黄六指和丑旦回来了,只见黄六指端着那盆半生不熟的猪肉回到会场中,黄故意大声嚷嚷,请大家来看一看、评一评,这就是老好人做的事，他把那盆肉往桌子上一放，扬扬得意地举起他那六个指头的手说："这就是，大家看明白。"然后鄙夷不屑地说："你仁厚比谁能的多一个指头。"大家看这情况，都气愤地瞪着王仁厚。

正在这时，黑三忽地撞开门，大声嚷着："狼被我抓住了，狼被我抓住了。"会场所有的人一愣，支书一听，狰狞地笑了两声，然后叫道："小骗子又演戏了。"黄六指也附和着叫道："你把狼拉来出庭做证。"

"走，咱到饲养室看看，真被我抓住了。"黑三说。满会场人都觉得孩子是说疯话，支书也笑着说："走，今天不把你这个谎泡捏破才怪哩。"于是，支书、丑旦、黄六指，还有一群看热闹的人都去了。

到了饲养室，大家借着板缝，用手电一照，看到一头狼真的被圈到里面。狼还在圈内东转西转，寻找逃跑的路，于是众人用石头砸，隔门用棍打，人多势众，终于把恶狼打死了。

黑三是怎样圈住狼的呢？

原来在第二天，黑三想着昨晚打狼的事，他想狼今晚一定会来的，那个圈门我爸收拾的怎么样？今晚会不会再撞开门，再咬死猪？用什么办法能把狼套住打死呢？一整天他满脑子全是这事儿，直到晚上他才琢磨出一个套狼的办法，他说干就干……

傍晚，他从学校回来就直奔饲养室。这猪圈原来是铁栅栏门，去年大炼钢铁时被拆掉了，后来就用上下两根横木作为上下槛。上面两根横木，留下能插二寸厚的木板为准，下面也一样，都镶在两边墙中，好像梯子的横木。关门时把木板插在中间，就关住了，开门时人把板向上抽起，就能进去。

于是黑三在木板中间钻了孔，用一个三四寸长的铁钉插进孔里，然后一头架在上面横梁上，把板抬起来，下面留个洞，狼能钻进去，然后在铁钉的钉盖上拴一条麻绳，麻绳另一头绑住那片剥下来的猪皮和猪杂碎。他把圈里的猪都赶到另一个圈里，然后把诱饵放在圈里面，狼一爬进猪圈，把那诱饵

月儿弯弯

一咬,向外一拉,绳子一用力,钉子从孔中拔出来,木板就插下去,把狼套到圈里了。

黑三按照自己的想法,把一切都做好了,他藏在附近的饲料室,专等狼来上钩。

谁知道这办法还真行,到晚上近十点时,他听到猪圈那边木板咣的响了一下,跑去一看,那狼真的被套在猪圈里了。

他就向家里跑,想叫他爸来一起把狼打死,当路过食堂门口时,看里面灯火通明,听人嚷嚷闹闹,他心急,一下子闯了进去,也就是前面的一幕。

狼被打死了,人们都明白了,仁厚没有说谎,支书也不说什么了,于是人人都回家去了,这事也就不了了之,我们感谢狼为仁厚老汉出庭了。

狼死了,狼皮当然归支书,支书把它做了件皮袄。但在狼临死时,我在它的眼神里,看到了狼的哀求:"我是初犯,不是惯犯,我以前从来没有来过,只是昨晚一次而已。狼到死也有冤难辩,它说它是初犯,那谁是惯犯呢?

第一辑·小说

第五章 冤家路窄

仁厚老汉照样喂他的猪,好多天再也没有人提那事了。老汉心想要不是黑三套住那狼,他在队上谁还想他仁义敦厚呢?

一天,天近傍晚,他挑起水桶,给饲养室挑几担水,准备第二天喂猪时用。他正在井边打水,忽然隔壁的王寡妇提着竹笼从井边的芦苇园里奔跑出来,面色慌张,一见仁厚老汉便站住了。仁厚老汉一见王寡妇那惊惶的神情,问她怎么啦,王寡妇语无伦次,后静静地才说:"是芦苇园里有狼,把我吓了一大跳。"仁厚老汉不信,安慰她说:"有啥狼哩,是你眼花了。"说着挑着水,跟王寡妇一同回家了。

当王仁厚挑第二担水时,见黄六指从芦苇园中贼眉鼠眼地走了出来。仁厚老汉一想觉得那事蹊跷,莫不是黄六指欺负王寡妇被他碰着了,救了王寡妇,坏了黄六指的美事。

王寡妇自从丈夫走后,这几年一直很少与人来往,听说黄六指一直在她身上打主意。还有前几天仁厚老汉晚上到饲养室照看猪,生怕再有狼,可是没见狼,却无意中撞见黄六指正在敲王寡妇的门,他躲在暗处,没有吱声,而门一直没有开,黄六指正在那里转悠。

黄六指都三十多岁了,没有媳妇,人又长得腰粗腿短,一副哈巴狗的模样,又是六个手指,谁愿意跟他呀,因此他老想打王寡妇的主意。

再说那支书自从仁厚老汉知道他女儿吃肉的事,做贼心虚,总想把仁厚老汉整怕,才不敢说出他家的事情;另外他还有更大的阴谋,何时才能自己占有王家大院,这才是他想要的……

月儿弯弯

　　1960年元旦那天晚上,杨二叔来到仁厚家串门子,本家人王仁忠也领着儿子贵生到仁厚老汉家里,他们聚在一起谝一谝。仁厚老汉起身坐到炕头,黑三妈端来凳子让他们坐到炕边,几个大人互相问候后,就谝起来了。黑三把贵生一拉,在耳边叽咕了几句,就一同出门去了,刚到门口看见黑牛和他爸也来了,黑牛跟贵生、黑三耍去了,黑牛他爸自己跟他们几个大人说话去了。

　　却说那黑三一心要整整那笑面虎支书和那矮子黄六指,三个孩子趁天黑悄悄地溜到支书的房后。听到屋里有人说话,贵生摸到窗子跟前,人小看不到窗子里面去,他向黑三招招手,黑三也溜过来,贵生蹲下,黑三站在贵生的肩上爬上窗台,朝里面望去,一张小桌放在炕上,一叠冒着热气的油饼和几碟子菜,支书、丑旦、黄六指正在屋里大吃大喝,支书婆娘拐子鱼也正忙前忙后。黑三溜了下来,几个孩子静静地蹲在后窗下,听里面人说些什么,只听支书像训狗似的对黄六指和丑旦训道:"王仁厚那老东西他敢跟咱作对,就整死他。"两只巴儿狗摇头摆尾地献殷勤说:"是、是、是。"然后又听支书说:"吃肉、吃肉。"那两个也赶紧说:"吃、吃,支书有你在,咱何愁没有酒肉吃呀!"三个人不时哈哈大笑。

　　这真是物以类聚,人以群分。三个孩子蹲在窗下,里面的话听得清清楚楚,他们恨死了支书一伙人,但一时寻不到报复的办法,又只好溜出来,蹲在远一点的树丛里。黑三看见支书上茅厕,一个念头忽然闪现在心头,他附在贵生和黑牛耳边,不知道叽咕了些啥,自己先去了。贵生、黑牛静静地蹲在树丛中,没有远离。

　　原来支书家的茅厕就在屋外的侧边,一个长方形的池子,上面架条横木,把前后分作两半部分,两块七八寸宽的木板,一头架在横木上,一头放在茅厕的地面上。黑三摸过去,慢慢地把那两块木板向前拉了拉,木板的一头只有一点点担在横木上,人只要一蹲就滑下去了。然后黑三跑回去和两个捣蛋鬼一起蹲在了树丛里候着。

不大一会儿儿,只听支书家里碗筷的响声,然后又听到靠茅厕的后门吱的一声开了,黑夜里,一个黑影从后门出来。三个孩子屏息静气,在树缝里朝外望着。支书吃饱喝足了,哼着乱弹,上茅房来了。他准备小便,刚向木板上一站,猛不防,咚的一声,木板的一头滑下茅池子,他也人仰马翻,一头栽到茅池子里了,那茅粪溅了出来。支书"哎哟"一声大叫,黑屋的黄六指和丑旦赶忙出来了,一见支书掉进茅厕,不顾一切地把他拉上来,茅房的臭气一下子散布开来。

那边屋里的倒水声、支书的漫骂声不时地传了出来,只听黄六指关切地说:"猴哥,快脱衣裳。"支书吼着:"水、水,快拿水来。"接着听到洗手的响声。黄六指叫着:"猴哥,脸上那屎都溅满了,快洗脸。"丑旦与支书的婆娘急得东翻西找,找来干毛巾、干衣服,丑旦献殷勤地问:"猴哥,你喝了'茅子'没有?""放屁。"支书怒骂着。丑旦赶忙说:"我该死、我该死。"

三个孩子悄悄溜回家去了。

月儿弯弯

第六章 千古奇观"开门红"

1960年春天,李家湾人干了件千百年来的大创举。那年的正月初一,太阳还是从东边升起,它大如车轮、火红火红,整个村庄沐浴在阳光之中,而李家湾的大人、小孩并没有穿上节日的盛装,也没有享受节日之乐,更没有聚集在一起品尝那美味佳肴,他们大胆地进行了人类历史上史无前例的创举。

当太阳爬上柳梢时,全村的男女老少,一个个扛着锄头,来到大田里,锄着那还未睡醒的麦子,一株株麦苗从地缝里探出头来,惊奇地望着这群庄稼汉。大年初一人们能下地干活,这真是破天荒的创举,还美其名曰"开门红"。只有几个大队干部躲在食堂为大伙准备伙食,等呀等,太阳偏西了,人们才收工,吃上了白面馍馍,喝一碗有肉星的白菜汤,这是一年来吃得最好的一顿饭食,这就是过大年。

一连五天大年,天天锄麦,可从大年初二就只能吃"二遍面"的馍或玉米馍,但人们也觉得这就很不错了,比起平常那豆皮馍、麦麸馍强多了。

这年的四月,小麦都已抽穗了,北岭上一片片的豌豆麦,长得蓬蓬勃勃,那豌豆翠绿的藤蔓、蓝色的花朵,点缀在那碧波荡漾的麦田里,有的豌豆已鼓圆了肚皮,那些还未发白的豌豆正是孩子们所向往的。没有受过饥饿之苦的孩子,是不知道饥饿的滋味的。食堂化实行定量供应,每人每顿三勺子稀糊汤,或是那使人难咽的小豆面条。那小豆面条吃起来太噎人了,你稍不小心,就噎得你缓不过气来。在那年月,想吃顿白白的馒头、面条是相当困难的;若有头疼脑热的,食堂给你称二两面粉,自己拿回家做点面水喝一顿,因为你是病人只能吃二两,再多了不成了好人(没病的人),就这还要有面子,才能有这特殊的待遇。

那年月黑三他们仨人都上小学五年级，他每天放学后第一件事就是到食堂排队，只要一听到破钟敲响，仿佛是救命的钟声，一旦端起打来的饭，便大口大口地吞下去，你若问起那饭的味道，是断然回答不出来的。

黑三、贵生、黑牛三个孩子一吃过饭，互相递个眼色，便溜出食堂，向北岭奔去。他们三人趴在豌豆地里，每人摘了一把圆鼓鼓的豌豆角后，才弯着腰溜出豌豆地，边吃边向学校走去。

豌豆角吃起来甜滋滋的，剥开皮里面有三至四颗晶莹碧绿的豆粒，像绿珍珠，这些豌豆救了孩子的命。黑三每次从豌豆地里出来，两个兜儿都装得满满的，他拣那豆角稍扁的先吃，凡是鼓的圆的自己是舍不得吃的，他总是把那些留下，等到学校寻着柳青就大把大把地掏出来，塞到柳青兜里。

柳青这年已是十二岁的女孩子，长得细高的个儿，蛋圆的脸上有些斑痣，特别是那略瘦的下巴，使整个脸型显得眉目清秀，留有一双短短的辫子，走起路来辫子上的红头绳一舞一舞，显得轻盈洒脱。

柳青妈是个手艺巧的女人，那年月女孩能穿上一件美丽的花布衫，真叫人羡慕。柳青家哪有钱扯花布衫呀，她妈妈就把那雁塔布买回来，先用细麻绳或短线头扎成一个个小疙瘩，然后用染料煮一煮，等晾干后，再解开那细麻绳，做成花衫子。

蓝色的衫子点缀着一朵朵小小的白花，柳青穿着这样的花布衫，并不比那纺织厂的花布差。本来就长得清秀的女孩子经妈妈这样一打扮，就更显得漂亮了。世上哪有这样高明的设计师，能想出这奇妙的法子来呢！特别是那小疙瘩的褶皱中，渗透出蓝色，等解开小疙瘩，那一条条由深变浅的线条，恰是白花的花络，惟妙惟肖，生动逼真，这种图案实在令人陶醉。

曾记得柳青在"六一"节那天穿着她这身衣服，独唱《樱桃好吃树难栽》这首歌获了奖。那甜美的歌声，那高亢的歌喉，那婉转的音符至今在人耳边萦

月儿弯弯

回:"樱桃好吃树难栽,幸福不会自己来,莫说我们家乡苦……"

当时黑三的心情也特别高兴,她和他一起分享着获奖后的欢乐。

1960年的麦收时节来到了,那年李家湾遇到了百年不遇的涝灾,蜡黄蜡黄的麦子长在地里,老天却天天不紧不慢地下着雨,一片片成熟的麦子无法收回,割回的麦子堆在房檐底下,也长出了白毛毛,大场里的麦子也发了芽,那时没有脱粒机,只有靠牛拉石碾来碾打。黑三、柳青、贵生也白天黑夜地帮大人拉着石碾碾打。那时食堂有规定,凡是晚上碾场的人,每人可以吃到一碗加班面条,那碗面条太有诱惑力了,他们宁愿累得坐在大场上,也舍不得失掉吃面条的机会。

有时天不停地下着雨,干脆在食堂的饭厅里架起两根横木,人分在两侧,一把一把地摔麦子。大人们摔累了,就让柳青给大家唱个歌,柳青当然很爽快地答应了,那甜美的歌声激起了大家的兴趣,于是有人提议让黑三讲个故事,黑三想了一下,给大家讲了一个名叫《狗腿子》的故事:

很早很早以前,有个侯员外,家里有钱有势,可是侯员外的腿上出了个疮,越长越疼,员外请遍了医生,就是不见好,后来打听到一个叫华佗的人医术很高明,就派人请华佗来给他治病。华佗到了员外家一看不是平常人家。当华佗检查员外的腿后,发起愁来,就说:"侯员外,你的病太重了,这个腿不能再保留了,如果不截肢,就要危及生命。"员外一听大惊,那怎么办呢?我不能没有这条腿。医生又说:"把你这条腿截掉给你重新安条腿,你还能走路了。"员外一听很高兴,于是把他的那些手下人都叫来,叫医生看哪个人的腿最好。华佗一看有个胖子最会献媚,说:"我看这个人高低瘦胖最合适。"员外说:"很好,很好。"可是这个人吓慌了,叫道:"我不能只有一条腿。"医生说:"你不要着急,我会给你安上一条腿的。"就这样华佗把员外的疮腿锯下来,把下人的腿安上,又把一条狗腿锯下来给下人安上,狗也不能没有腿呀,于是就给狗捏了一条泥腿安上,这样这个问题就都解决了。你看现在狗尿尿时总是把一条后腿抬起来,害怕被尿冲湿泥腿。而那个下人一条人腿一条狗腿,从此以后人们就叫他"狗腿子"。

故事说完,在场的人哄堂大笑,人们都说:"好呀、好呀!"可黄六指总觉得黑三是在指桑骂槐,骂自己。只听众人喊着:"再来一个。"黑三想了一下又说:"那我说个字谜,大家猜猜。"他触景生情,于是就说:"一个槽槽没挡挡,猪娃爬了两行行,大家猜是什么字?"在场的人一下子笑得前俯后仰,有的笑得流出了眼泪,黄六指一听是骂他和家申支书哩,顿时气得涨红了脸,柳青一看黑三惹怒了他们,灵机一动地说:"我猜出来了,是非常的非字。"大家都嚷着:"对呀,就是非字。"这才给黑三解了围,黄六指明知道是在骂他,但在这种场合,也不能往自己身上揽呀。

饥饿之神并没有因为李家湾偏僻就不降临,一天黑牛放学回家,刚到家门口,听见院内人声嚷嚷,又听见妈妈放声号哭着。他不知道家里出了什么事情,就飞跑到家,一看他爸已被众人抬到堂前。这位个头高大的汉子,年纪不到五十岁,就丢下孤儿寡母一个人走了。黑牛一见这场景,哇的一声哭倒在地,众人拉也拉不起来,还是仁厚老汉经验丰富,他劝众人不要拉,好让孩子尽情地哭,这才不会猛气伤身,等孩子哭够了他会自己起来的。

事后听大人讲,黑牛他爸身材高大,饭量自然也大,每天的定量对他来说,差得太远了,他总让孩子吃够,怕饿着孩子,自己尽量少吃,可怜天下父母心啊。长期以来,他身体缺乏营养,脸上、身上整个浮肿,乏困无力,而每天又要从事那繁重的体力劳动,他实在无法忍受。那天他饿得头昏目眩,一想家里还有两个鸡蛋,那是老伴给儿子留下过生日的。无奈,他跑回家,把那两个鸡蛋打在锅里,煮荷包蛋,他不等荷包蛋煮熟就舀出来,刚咬了一口,就昏倒在锅台上,碗摔在地上,地上一个鸡蛋被咬了一口,中间还流着蛋黄,另一个还是完整的,人就这样死了。

惨痛啊,惨痛,一个壮年男子就这样活活地被饥饿夺取了他的性命。在这

月儿弯弯

种环境下，像这样的事何止黑牛他爸一个人呢。

邻家们忙了半天，把黑牛家仅有的一个条柜锯掉腿，作为棺木，就那随身衣裳，送葬了黑牛爸。

深秋，天气一天天变凉了，黑三、贵生、黑牛每天放学回家，提上草笼就上村后的虎头崖去了。虎头崖顶上土地瘠薄，无法种其他作物，只种了点荞麦。那稀稀疏疏的荞麦地里往往套种些蔓青，也就是像萝卜一样的，不过块茎是圆球状，这些蔓青只有核桃那么大，小得可怜，黑三他们每天爬上那虎头崖挖大半笼子，上面盖些黄草，趁着天黑才回家，然后煮着吃，有时把柳青也带着去。柳青妈把那些蔓青串成几大串，挂在房檐下，晾到半干时，用柿子一拌，再晒干，藏起来，每当孩子们到他家玩时，她给每人取几个，孩子们吃着又甜又好咬的蔓青干，真比那香蕉还要好吃。其实那时谁也没见过香蕉，只是后来人才吃到过。假如有人能吃到新疆的葡萄干的话，这蔓青干并不比那葡萄干差。

那年冬天，食堂再也无法办下去了，上面下发文件，解散了食堂，而这些干部常说的"铁板钢钉钉下的"怎么就不如一张纸了呢？

食堂解散后，王仁厚家分得了小麦6斤，苞谷60斤，小豆10斤，大年初一全家吃了一顿有麦子的年饭，终于跨到了1961年。

正月初五早上，王仁厚一早就到支书家，提出要搬家之事。支书假惺惺地说："搬家那好办，不过我和队上的干部要商量一下，晚上给你回话。"仁厚老汉说："那好。"就回家等候着消息。

晚上全队又开会了，首先支书安排了后一段的工作，然后叫黄志明黄六指宣读了队委会的决定：

王仁厚在当队上饲养员三年来，不专心养猪，造成死的死、丢的丢，损失惨重，经队委会决定赔偿3000元，限期十日内交清。落款是李家湾队委会。时间是1961年2月28日。

第一辑·小说

王仁厚站起来争辩道:"你们为啥要我赔?说出理由来。"支书一听马上算起账来,他说:"我原来有十头母猪,23头肉猪,一头母猪一年下两窝小猪,一窝按十头计算,一头母猪一年生20个小猪,两年生五窝,就是50个,还有第三年再生20头,共70头,十头母猪是700头,而小猪又生小小猪,你算一下我多大一个养猪场,还有23头肉猪,一头卖50元又是多少钱,现在你给我交回多少头,还差多少头,咱念你乡里乡党的,让你少赔点,算是便宜你了,不要敬酒不吃吃罚酒。有钱交钱,没钱就拿几间房子作抵押……"

仁厚老汉听后气得脸发青,他吼道:"天呀,我冤……"随声直挺挺地倒在地上,嘴里吐着白沫,众人忙过来,有掐人中穴的、有给灌水的,众人折腾了半天,仁厚老汉才慢慢地缓过气来。支书、黄六指一看人醒了,嘴里念叨着:"你还装死卖活哩。"说罢扬长而去了。

仁厚老汉被乡邻抬回家,睡在那冰冷的土炕上,从此一病不起,脑子里常浮起那黄六指读队委会决定的场景,黄六指那矮矮的个头,一双老鼠眼,那六个指头的手在他眼前晃荡。支书算的那驴打滚账,鸡生蛋,蛋生鸡,简直太欺人,他这才知道猴精为啥一开始让他当饲养员,并一直不闻不问,原来早就给他下套了,只等他钻套哩。山高皇帝远,王仁厚这个忠厚老实的农民,在他看来,猴支书就是他的皇帝,说啥啥就是政策。

王仁厚已五十多岁,大半辈子从旧社会里熬过,在那个年月地主的欺压、乡绅的蛮横、兵匪的无道,他都能默默地忍受。

在那兵荒马乱的年月里,有一天他一大早起来准备把他那头半个家当的青驴赶上去驮煤炭,刚走不多远,迎面来了一股国军,不问三七二十一,就把他的那头驴拉住要他去送军粮。那年月拉夫拉差是家常便饭,王仁厚被拉去了,从陕西送到山西,从山西送到蒙古,白天人家用枪看着他,一天深夜里他起来喂牲口,一看哨兵正在打瞌睡,就丢掉了自己心爱的驴逃出了虎口,沿门讨要回到家中。他种了四亩薄田,但每年比别人家多交一半的粮,他也忍受了。为

月儿弯弯

了交清当时叫不上名目的乱摊派,他卖掉了自己的八分庄基地,深夜买主李保长同他立好地契后,人家拿来一把五尺二寸长的量地尺杆,当时叫老尺子,每杆比新尺子长二寸,可是在算地的时候,他算错了,把长二寸算成了短二寸,每杆还给人家补了二寸,这样一杆中人家就多占了他四寸,原来的八分地变成的五分地,仁厚回来睡在炕上才恍然大悟,但到第二天,人家就不认账了,界石已在黑夜里就栽好了,人家说买卖一口气,无法反悔。

忠厚的人处处受欺压,在那艰苦的年月,他盼呀盼呀,终于盼到了李家湾重见天日,仁厚老汉心中有说不出的高兴,多年来压在心头的愁消散了。当时土改工作组给他划了个贫农成分,但仁厚老汉总想,我穷了半辈子,现在又划了个贫农,还不是穷吗?他忌讳"贫"字,好说歹说叫给他划了个中农,人家都笑他,但他不以为然,总以为"贫"字压住了他的好运,并说你不给我划中农,我就不按手印。工作组只好同意他的请求,于是结果就划成了中农。

土改后,仁厚老汉种地吊挂面,苦干了几年,家里粮食多了,他就把那几间破房一翻修,重新盖起五间大房,一个大院子,仁厚老汉心中乐哈哈的。

谁想今天他辛苦多年盖起来的房子被支书一句话就变成人家的了,自己还是住在那破烂的牛圈里,他把这一切都归作命,他觉得人的一生都是由命运决定的。

第一辑·小说

第七章 陆 女

1961年秋后,地里的庄稼已收完了,只有一些蔬菜没有到收获时节,依然蓬勃嫩绿;树叶都变黄了,大田里麦苗已长到寸把高,一片片淡绿色的麦苗给人增添一点生活的希望。人们早上起来照例是挑水、扫院,然后等红鼻子杨老四传话筒响,再扛起工具上工去。

这几年李家湾折腾够了,1958年来的高指标、浮夸风和共产风,把一个好端端的李家湾搞得乱七八糟。食堂化后,谁还顾得上种庄稼?男的烧炭炼铁,妇女推磨磨面,大块大块的田里,每日只有几个妇女用锄头刨,能收多少呢?谁也不过问,反正与我毫无关系。那时干活没工钱、吃饭没饭钱,可惜物质实在太少,不能持久地让人这样吃下去。人们的思想觉悟发展太慢,谁愿意一整天在地里干活,不干是两顿饭,干活也是两顿饭,共产风把一切都共产了。

这年初冬,村上来了一伙从河南迁来的难民,据说河南遭受了大水灾,成群结队的难民蜂拥而至。李家湾的破戏楼上住了一大堆逃难者,他们衣衫褴褛,面黄肌瘦,拖儿携女,沿门乞讨,奔走在他乡异地。

有位年过六旬的瞎老头,在女儿的搀扶下来到李家湾,老人会卜卦,每晚人们坐在一起闲聊时请瞎老头给人们卜卦与测八字,每人一次给一角钱,老头就当混口饭吃。那老头古铜色的脸上有一双深陷的眼眶,老是闭着,看不见瞳仁。他的小女儿搀扶着他,拄一根拐杖,谁家叫就去,人家给父女俩吃顿饭,便给人家全家都卜卜。他女儿叫陆女,蛋圆的小脸显得有点清瘦,的睫毛下一双水灵灵的眼睛,留着两只短又齐的辫子,这样的小丫头,谁见了都觉

月儿弯弯

得挺亲的。她是瞎老头最小的女儿，见人不怯生，挺大方的。可见孩子在外面闯荡的时间已很长了。他父女俩就住在贵生家对面的几间空房里，来了不到几天，女孩子便与她房前屋后的人混熟了。她嘴乖，见了妇女便叫大妈、大婶，见了男人便伯伯、叔叔，与人对话一口一个"中"的，这是河南人的方言。据说她老家在河南信阳，家里也是一大家子人，在逃荒的路上跑散了，每天要饭，不能一家人都一起到一家要，只有分开，晚上再相聚。但那时也没有啥通信工具，就找不着了，只有小女儿老搀着瞎老头，所以没有失散。有一回黑三、柳青几个都在贵生家玩，陆女也来了，几个孩子像很熟悉的样子。孩子都有深厚的同情心，一看陆女不免同情，不一会儿就熟了。柳青对陆女说："咱俩以后就是姐妹了，行吗？"陆女笑得眼都眯成一条线了，连声说："中、中。"从此陆女便柳青姐长柳青姐短地叫着，柳青也把陆女当作自己的亲妹妹一样，姐妹俩卖烧馍不离笼襻。

　　但祸不单行，一天陆女她爹突然病了，陆女一大早哭着到杨二叔家，杨二叔与大妈听陆女说后，赶紧到陆瞎头住的破房子里来看望这位卜卦先生。只见陆老头面色如土，浑身抽搐着。一会儿邻家来了一屋子，大家手忙脚乱，陆女吓得哭喊着，柳青拉着陆女也流着泪，王仁忠和他儿子贵生也来了，黑牛、黑三、仁厚夫妇都来了。只见陆老头浑身如筛糠，靠着炕头的墙，断断续续地叫陆女过来，叫陆女跪下，又对杨二叔说："杨兄弟，我怕不行了，陆女就托付给你了。"说着让陆女给杨二叔与杨大妈磕头。陆女听后唰地一下跪在杨大叔与杨大妈脚下，嘴里叫道："爸、妈，女儿给你们磕头了。"杨大妈赶紧扶起陆女，把陆女搂在自己怀里，眼泪簌簌落下。

　　一个60岁的瞎子，乞讨在外，住在那冰窖一样的破屋里，盖件破棉被，下面铺些麦草，又是吃了上顿没下顿，能不生病吗？瞎老头病倒后，邻家王仁厚忙着给请医生，仁忠让贵生他妈给熬姜汤，杨二叔一连几天给陆老头端来自家的浆水面条（用酸菜汤来下面条），大家就像待亲人一样照料着这位素不相识的人。

　　但几天后陆老头的病情越来越重，邻家们都没办法，于是便商量着让杨二叔出面叫队上干部李支书、会计黄六指、生产队长丑旦。支书一跨进门槛左右瞧了瞧，见屋里挤满了人，他走到陆老头的炕前，关切地望着陆老头，又用手摸着正在炕边哭啼的陆女，显得极怜悯地说："逃难人可怜，可怜，总不能看着让一老一小挨饿、受冻。"他边说边在屋里踱着步，好像在思考一件重大的事情，最后他头向上一扬，阴阴一笑顿时晴了天，他对丑旦说："丑旦你先让陆老汉打个欠条，把队上的钱借100元，粮100斤。"众人一听心里豁然开朗了，人家支书这一重大决定博得了在场人的赞赏目光。丑旦一听，连声叫道："支书真是活菩萨。"陆老头一听霎时两行泪扑簌簌落下，连声说："谢谢，谢谢。"谁来写欠条呢？满屋的人你看着我，我看着你，仁厚、仁忠直摇头，杨二叔也是斗大的字一个都不认识，只见黄六指说："看来这事还得我代劳了。"其实黄六指只念过三天两后响的书，平时记工分连有些人的名字都不会写，例如村上有个姓"姬"的，他写成"鸡"，把"寇"写"扣"，把"朱"写成"猪"。大家忙说："黄先生在此，真是有眼不识泰山。"就这样黄六指歪七扭八的写了一张借条，没有印泥，支书顺手从自己的衣袋里摸出小小的一块印章盒，由陆女用手蘸了印泥，画了押，但支书要寻个保人也要画押，那只有杨二叔了，于是杨二叔就画了押。

　　钱是领回来了，粮也称下了，可谁能想到在这天夜里，陆老头却与世长辞了。第二天早上杨二叔一起来，就到对面陆老汉的破房里，一推门，虚掩着，走到炕边顺口喊着："陆女她爹，陆女她爹。"叫了几声，没有听到动静，心一慌，忙揭开被子，一看老头平平地睡着，摇着叫了两声，还是不答应，杨二叔跪在炕沿上，伸手到嘴边一摸，"呀"了一声，"怎么没有气了？"而陆女在里面还睡得正香呢。

　　杨二叔叫醒了陆女，陆女一翻身起来，原来陆女昨夜是和衣而睡的。她

月儿弯弯

"爹，爹"叫了两声，一听不应，"哇"的一声，趴在她爹身上，号啕大哭，双手使劲地摇动着爹爹。陆女那尖细凄惨的哭声，惊动了四邻，不一会儿，邻居们都来了，大家一听说陆老汉已走了，都感到十分伤心，特别是陆女撕心裂肺的哭声，让大家都落下了伤心的泪。

杨大妈把陆女拉住，哭着劝陆女不要这样，陆女的哭声也越来越沙哑了，哭了好大一会儿，大家左劝右劝，总算劝住了陆女。

后来才听陆女说，昨夜她爹一会儿要喝水，一会儿要盖被，她一直忙到鸡叫二遍，实在累得受不了，方才睡了，谁知一睡着，她爹是什么时候断气的，她也不知道……

柳青、贵生、黑三也都早到了，柳青一看陆女哭得那样惨，忍不住也呜呜地哭着，贵生、黑三也直抹眼泪。柳青拉住陆女的臂膊，只是个哭……

几个大人忙着在一旁商量如何料理后事，大家你掏一尺布证，我掏两份花证，又到街上偷偷地买了五尺布证，换回来了五丈纱布、两捆劣等棉花和一张芦席。妇女们忙着缝纱帐纱衣，男人们打墓，天黑前大家把这位逃荒者埋葬了。

陆女被杨大妈暂时领去睡在她家……

时已深冬，每日凛冽的寒风从黄土高原上刮下来，天地间灰蒙蒙的，只听到带哨的风尽情施展着淫威，树枝哗啦哗啦地摆动着，片片干叶也无法再挂在树梢上，沙沙沙的盘旋飘落。一会儿沟渠的树叶在旋风的推力下，从地下盘旋而起，像推石磨似的转着巨大的圈子，一直飞到很高很高的天空，等旋风一过，它们又自由地慢悠悠地落下来。当地人都说这是鬼魂在推磨，人见后"呸、呸"唾几口，以防邪气。其实这是空气对流，只是人们不理解罢了。

自从王仁义没吃上那煮得半生不熟的鸡蛋就一命呜呼后，黑牛娘俩便没有了依靠，母亲带着黑牛改嫁到西安市小雁塔那儿去了。

贵生、黑三、柳青还有陆女，他们几个每人扛起一条扁担上坡割柴，在那窄窄的羊肠小路上，男孩子那粗壮的二郎声在山谷中回响着，女孩子咯、咯的笑声时起时伏，这些孩子从来没有半点忧愁。他们觉得上山打柴是无比欢乐的，打柴时他们可以无拘无束、说天道地，唱那心中的乱弹戏。他们四个孩子不大一会儿就割好了柴草，贵生、黑三很快地扎好了担子，女孩子是不会扎柴担的，于是贵生给陆女扎担，黑三很麻利地为柳青扎好担。四人都坐在那软绵绵的草坡上，共同吃着带来的馍馍，他们之间从来是不分哪是我的、哪是你的，贵生的馍馍是用柿子和苞谷面混在一起烙成的，手掌大小的圆坨坨，吃起来甜丝丝的。因为贵生他舅在洛河边的杨河里，那儿有几棵柿子树，每年冬天贵生和黑三常去担些回来。大家一人一个都津津有味地品尝着。贵生神气十足地讲述着柿子馍的制作方法，使柳青、陆女和黑三都听得入迷，羡慕人家会做那样好吃的柿子饼。吃完贵生的柿子饼，大家又吃起柳青的酸菜馍，那是柳青妈特意为女儿做的，可一到坡上就成了大家共同的了。柳青掏出一个递给陆女，向她使个眼色，陆女心领神会马上给贵生一半，自己留一半；柳青自己也把另外一个掰开两半，自己留下少一半，把多的一半塞到黑三的手里，脸上带有羞涩的表情。于是他们又吃起那软软的、嚼起来咸咸的、油油的酸菜坨坨了，这也是孩子们最爱吃的。最后大家又尝了黑三那用甜菜丝烙的馍，大家吃饱了、歇够了，于是上路……

贵生爱吼那二郎声，担子一上肩，山谷中就回响起他那狼声怪调，回声此起彼伏。"二呀么二郎山，高呀么高万丈，不是雪花满山飘，谷穗迎风摇。"贵生的声一落，黑三也不落下，他也想在女孩子面前表现表现，于是放开喉咙，"马儿哎，你慢些走呀，慢些走啊，我要把这美丽的景色看个够，噢……噢、噢噢……噢……噢噢噢……"

这样你唱几声，我接几句，谁也不知唱了多少歌，心中应有的都唱出来，只要开心，管他调子准不准、词儿对不对。柳青在他们中间那算是"歌王"了，但在这个时候，她连一句也不唱，她害羞，不敢张大嘴，唱出自己心中的

月儿弯弯

歌。但每当贵生、黑三唱时她那双脚便踩着曲点,轻盈的动作,美妙的舞姿,心里哼哼着男孩子唱的"3-5 6-|3 23 21 6 5 7|……"这些都从她那兴奋的脸上流露出来。至于陆女,她从未进过校门,自然是不会唱的。

终于到河边了,河上架着由两根木椽搭成的冬季木桥,夏季是没有的。柳青和陆女看到那清澈见底的河水,便放下柴担,洗起小手,抹抹被汗水湿透的脸蛋,捋捋自己被风吹散的额前刘海,她俩长长地舒口气,望着贵生、黑三的背影,心中乐滋滋地。贵生、黑三把柴担向河对岸一放,又回头跳上木桥,连蹦带跳地跨过来了,不由分说,各人挑起自己心上人的柴担,又开始过桥了。也不知是上帝安排的,还是孩子们的心理状态,但在他们的心里断然不知什么爱情之类的词儿,只是朦胧的爱,质朴的要好。

记得有一次晚上他们四个到河对岸看电影回来时,天很黑并下着冰雹,那真是唐代诗人温庭筠的名句"鸡声茅店月,人迹板桥霜。"黑三拉着柳青的手,贵生搀着陆女,慢慢地一步一步挪过桥,只觉得对方的手热乎乎、软绵绵地,心中荡漾着乐滋滋的感受,这大概是异性相互接触的心理感受,而这种感受却在孩子的心里不断萌发,渴望着能有机会多拉拉对方的手。什么男女授受不亲的陈词滥调在孩子们的心里是断然不知道的。

今天贵生、黑三挑起她们的柴担,心中比挑起自己的柴担要高兴得多,什么累、什么沉,早已抛到九霄云外去了,只觉得心中无比畅快,肩上担子轻飘飘的。贵生走在最前面,黑三紧跟着,后面是柳青和陆女,等到桥中间。贵生有意放慢脚步,抬高腿,使劲地踩着木椽架起的桥,木椽被踩得一晃一晃,吓得柳青和陆女蹲下身,连喊带叫,不敢直起身来,贵生、黑三却笑得弯腰仰头。等过了桥,柳青跑过去,不等贵生放下柴担,两个小拳头向打鼓一样,在贵生的背上乱打,嘴里叫着:"就你坏,就你坏。"黑三、陆女看他俩这样子嘿嘿、咯咯直笑。贵生不放下担子,也不还手,只是静静地让对方尽情地在他背上擂鼓,仿佛觉得这是最美的感受……

柳青的手擂倦了，心里也舒畅了，他们都笑够了，又挑上担子上坡了。女孩子的力气是比不过男孩子的，又是上坡，一会儿就气喘吁吁了，照样是男孩子走上一段就下坡来接她们一段。一个冬天他们不知挑了多少担柴，快到春节时，那柴担已经有高高的一大摞。

每年腊月二十三，照例是队上分红的日子。早饭后依旧是红鼻子杨打锣张罗，人们都到老橡树下后，黄六指开始公布账目了。到会的人都抻长脖子仔细地听着这一年自家的分红数目、分粮数字，还能补多少斤。这是人们盼望已久的日子，一年的辛劳今天总算是揭碗碗了，这就是大人们常说的一句话："揭开碗碗数点点。"这固然是赌场的行话，但是在此处是最恰当不过的了。小伙儿心想自己劳动一年，总该有点结余，或许能分三十、二十的，花一角八分钱买上一两盒"羊群"香烟，让相好的都来在一起聚一聚，再不用吹喇叭了。媳妇思忖着，一年到头了，总想着扯件心爱的花布衫，过年过节自己好穿上到村上转几圈，走走娘家，毕竟自己还在英年，老穿着黑粗布袄、黑粗布棉裤，把人都穿老了，自己的青春美是无法展示的。

至于那些年老的、孩子多的更是忧心忡忡，唯恐黄六指在缺粮户中读到×××"缺粮"的字眼，这顶帽子扣在自己头上。眼看年关将至，不说自己的年如何过，再缺十块八块，却又从何处而来呢？

黄六指公布完账，有人喜笑颜开，有人双眉紧锁，各有各的心思……

支书开始训话了，这是生产队的老规矩，每当开会，村干部先是高谈阔论一番，什么"阶级斗争依然是严峻的，要高举阶级斗争这面大旗，乘胜前进！"然后再骂骂咧咧一顿，社员们都被骂惯了，谁也不生气，有时听着干部骂，反而笑哈哈的，反正他也没指名道姓。当时队上常有这样的顺口溜："我把队长一看，队长把我一旦（骂的意思，方言）；我把队长一问，队长把我一恨。我是一天三旦，家常便饭。"

1961年李家湾工分值9分6厘，人均口粮每月9斤7两8。李家申：劳动日

月儿弯弯

360个,除去春节5天假;家人280个,另外招待公社干部、县上干部加工日80个,两人共720个工日,折现金71元,口粮××斤,再找补××斤,分现金××元。王仁厚找补口粮××斤,缺粮款××元,王仁忠、杨××、李××……

最后黄六指读到陆女欠队上现金100元,粮食100斤,现经队委会决定陆女的欠款欠粮由丑旦来承担,陆女的户口落在丑旦家,将来陆女出嫁就是丑旦的媳妇……

黄六指一说完,会场人都"嘘"的一声,他们顿时醒悟过来。会散了,人走了。

第一辑·小说

第八章 夜逃

　　散会后杨大妈心头是沉沉的，听见两个孩子在外边阳坡边晒太阳边抓五子的咯咯笑声，她越发舍不得让孩子离开她，总觉得陆女也是自己亲生的，并不是干女儿。但一想如果不让去，那支书的手心是翻不过的，那陆女是无法在这队上立足的，她没有户口，无粮吃，自己实在无法养活这可怜的孩子，事情弄僵了，说不定那支书会把陆女送到县上的收容站去，那儿是专门收容流窜人员的，收容够一车时，遣送回老家，要是真那样可苦了这女孩子，她左思右想没有个两全其美的法子。

　　柳青和陆女在外边晒太阳，可冬季时光短，大约四点多一点，太阳就已快落了，也晒不着了，就是有点阳光，已没有了热度。她俩回来，柳青问妈妈："吃啥饭？"柳青妈心不在焉地说："随便，你们想吃啥就做啥。"柳青说："我就爱吃搅团（用玉米面拌成的稀糊）。"柳青妈无心思地"嗯"了声。于是姐妹俩忙开了，陆女烧火，柳青舀水和面，不大一会儿，锅里搅团咕嘟咕嘟地冒着泡，小锅里的酸菜汤也烧开了，又酸又辣的气味喷得满屋都是，人一嗅香得直发馋，饭好了。人常说："有啥娘，就有啥女。"的确，柳青虽说才十五岁，但做起饭来，利手利脚，就像她妈那样，锅台收拾得干干净净，碗碟擦得锃光瓦亮，这都是杨大妈的言传身教。

　　记得前几年吃食堂饭时，有一回公社的拖拉机到李家湾犁地，安排杨大妈去为这些司机做饭。管理员黄六指把面粉称好让她擀面条，不但司机吃，还有支书、丑旦、黄六指也要陪吃的，她擀的面条又细又长，一根不断，司机一人吃了三大碗，吃了个精光。谁知事后让支书美美地训了一顿，究其原因是做得

月儿弯弯

太好吃了,司机吃的多,他们没吃上,浪费了面粉。

今天两个孩子都吃得很开心,香喷喷的搅团用筷子划成一块一块的,然后调些又酸又辣的酸菜与汤,慢慢地吃起来真有劲,一碗搅团吃下去,柳青脸上泛起了红晕,鼻子尖渗出汗珠子,这大概是辣椒的功力、酸菜的魅力,使女孩子的青春更加迷人。那年月如果能吃上这样的美味佳肴实在是难得。而今天洛南搅团已成了有名的小吃。

饭后,陆女总觉得干妈、干爸的情绪有点不同往常,但她也未曾想到是为她的事犯愁。

天黑下来了,杨二叔一家四口人都坐在热炕头暖和着冻得发痛的手和脚,小小油灯只有黄豆粒大小的灯焰,一闪一闪的,屋里昏暗暗的。

杨大叔把中午开会的事给两个孩子说了,陆女一听小声哭啼着。柳青也气得直骂,她给爸妈说清了陆女喜欢的是贵生,这个大妈早就有所察觉。杨二叔对她们说事先不要声张,要把仁忠和贵生叫来商量一下再看怎么办。

这时只听门吱的一声响了,接着是有人进来的脚步声,一个黑影从灶膛门口闪过来,杨大妈随口问了声"谁?"只听那人说:"我呀,大婶。"一听声,大妈心中一震,颤抖的手端起油灯想照照来人。她从声音早就听出来了,但好像不相信自己的耳朵,本能地用油灯再照照,那人果然是丑旦。丑旦一进屋就坐在炕沿上,先是寒暄了几句,接着就把话题扯到了陆女身上,说要带陆女到他家去,杨二叔气得把牙齿咬得咯咯响,他坐在炕旮旯,小油灯灯光又特别暗,照不见他的脸色。柳青、陆女一时也不知说什么,都不出声,陆女呆呆地坐在那里,眼泪吧嗒、吧嗒地掉下来。

杨二叔对丑旦说:"丑旦,那你先回去,我得把这事给陆女说清了,咱慢慢来,不能着急。"丑旦这时倒也很乖,连声说:"是,是。"丑旦支吾了几声,也没吐出个字就走了。

丑旦一走,杨二叔刚要去叫贵生与他爸来商量,原来贵生和他爸俩人早在窗外听了好大一会儿了。听说丑旦要走,他们躲了起来。这时他俩就进来了。柳青又去叫黑三与仁厚大伯了。

　　丑旦今年已二十八了,比陆女大十三岁,家中一个瞎子妈、一个弟弟唤二旦,那真是个天地不醒的傻旦。丑旦属牛,这里人给他从小就唤丑旦,而他弟二旦属羊,人给叫羊旦。丑旦一天尽出些害人的主意,上次就是他给支书告发仁厚家煮死猪肉的事,仁厚老汉原是丑旦的干爸,他抽的烟叶都是仁厚老汉包的!这丑旦就是个吃谁饭,砸谁锅的东西。谁知支书早就打着他的如意算盘,才借粮借钱给陆女父女,白天会场的一声"嘘"是全队人的恍然大悟。

　　人都来了,大家都觉得陆女如果跟了丑旦那是把花插在牛粪上了,年龄又差得太多,家中的日子就没法过,但不按支书的想法来,陆女的户口咋能落在李家湾,大家都没有个好办法。柳青突然说:"我想让陆女妹跟贵生哥逃跑哩。"黑三也说这个办法可以,他又问贵生说:"贵生,你有这个胆量吗?"贵生说:"这有啥不敢的,我就不信天这么大,就没有我们的活路了吗?只是大人的事怎么办?"仁忠大叔也说:"我所担心的是孩子们一走了之了,只是写借条时人家叫老杨担保,那不是也连累了老杨家了吗?"

　　大家一想也是,于是又沉默了。过了一会儿,仁厚老汉说:"我看还是咱们都不要声张,就来个将计就计,明天叫老杨两口子把陆女送到丑旦家,就说我们给陆女说通了,愿意给你当媳妇,并当场说一定要好好对待陆女,要好好准备一下,把婚事办得风风光光的,大家等喝你的喜酒哩,再把那借条要到手,一手交人,一手交借条,这样他们抓不住老杨的把柄,事情就好办了。"大家一听都赞成仁厚老汉的想法,陆女脸上也暗暗地有了笑容,她的心里话让王大叔给说出来了,她心里只有贵生,哪怕贵生要她死,她都心甘情愿,而那丑旦家,她是断然不去的。

　　大家为陆女之事商量了半夜,人们都觉得用仁厚大哥的办法最为妥当,孩子们也觉得仁厚大伯到底是见多识广,遇事考虑周全,事情就这样定了。

月儿弯弯

　　大家走后杨大叔又与陆女说了好长时间，陆女也把自己对贵生的情意倾吐给干爸，没有别人，她也很大方，她觉得干爸干妈就是她的亲爹亲娘，柳青就是自己的亲姐姐，心中有啥就给他们说啥，特别是这件事上更不能有半点马虎。杨大叔再三给陆女交代明天到丑旦家要会应付人，脸上放喜欢些，不要叫人看出破绽，陆女都一一记下了。

　　第二天早饭后，杨大娘领着陆女，杨大叔手里提着陆女唯一家当——一个破被卷，径直到了丑旦家，丑旦一见又惊又喜，急得不知说什么好，两手忙得只给裤子上擦，嘴里说着："大叔，你们坐，快坐。"陆女一看家里连一个小凳子都没有，只有一个烧火的木墩子，杨大叔只好给炕沿一坐，陕西人都是连锅炕，前锅后炕，而丑旦家炕上连一片炕席都没有，一床烂得掉串串的被子，已脏得看不出原来的颜色。这几年国家不救济被子了，丑旦家用的还是1958年救济时的被子。那瞎老太坐在炕旮儿，听有人来，忙问："谁呀？丑娃子。""你不管。"丑旦不耐烦地说。而那羊娃子羊旦只是嘿嘿地发笑。陆女只好站在地上。丑旦趿拉着一双没有后跟的布鞋，羊旦还是光脚片子，陆女一看这个家，心中只想呕吐，但脸上还是尽量地放得平静些。

　　杨大叔给丑旦说："丑旦，你过来，不要忙别的事，我有话要给你说。你们的事我昨晚给陆女说好了，你现在把支书叫来，咱把事说清，我就把陆女交给你。"

　　丑旦一听连声说："好，是、是。老……老丈人。"后面的话结巴了半天。然后就趿拉着那没后跟鞋向外跑……

　　不一会儿，支书过来了，丑旦跑得直喘气，杨大叔拉着陆女的手对支书说："我把娃领来了，现在交给你，你看娃们的事咋办？"支书一看一切按他的意图来了，于是也就心满意足了，就说："好，当初咋说，现在咋办。"杨大叔是想要回当保人的那张借条。"行，丑旦，你到黄会计那拿来，交给老杨。"说完，急忙出门站在院子里，用手不断地在嘴边扇着，屋里那气味真难闻。

丑旦把借条交给了杨大叔,老杨给陆女使了个眼色,便说:"那我先回去了。"说着低着头自个朝回走了。陆女知道干爸的意图,她站在门外。支书也忙着走了。只有丑旦和陆女了。陆女对丑旦说:"哎,你过来,我现在是你家的人了,那我晚上睡哪呢?"陆女也不知道对丑旦怎么称呼,只有说"哎"。丑旦半天说不出话,"我问问支书吧!"丑旦憋红着脸说。陆女看他那可怜相,想发脾气,一想有啥可恨的,于是说:"那你问吧!"扭过头坐在门外的一块石头上。

这天晚上陆女还是回杨大叔家睡觉,丑旦家实在无地方可睡。

丑旦到支书家讨教了一番,支书觉得还是速战速决,于是定下三天后就把婚事给办了,省得夜长梦多。丑旦心中起了波浪,真是喜出望外,于是跑到杨大叔家,把支书的"圣旨"传达给陆女,陆女给了句"我知道了"不热不冷的话。

丑旦走后,陆女和干爸干妈商量了一下,后又把贵生叫来,把一切都告诉他,贵生知道了日期,他也忙着准备去了。

丑旦从支书家扛回几块木板,用土坯砌起床腿,上面把板一铺,一张芦席一捆麦草算是有床了,又从队上借来一百元,到街上买了一床被子、一些水果糖、两瓶"二锅头"烧酒、一条"羊群"烟,这就是结婚的用品。

陆女也回到丑旦家,把地面扫一扫,院子收拾收拾,傍晚她自己在那老地方等着。贵生听柳青说后,就到他们常去的地方,二人坐在河畔的大石头上,他们这晚说了好长时间的话……

第三天傍晚人都到丑旦家凑热闹去了。丑旦忙前忙后,给孩子、妇女们散喜糖,那时能吃一个水果糖也是孩子们最大的奢望,给男人们发"羊群"烟,大家都坐在院子里,实际并无院子可谈,三间破房子门口的空地,无院墙可言,两张方桌,数条长凳。1961年食堂刚散伙,一般家庭都不待客,只是傍晚

月儿弯弯

左邻右舍去坐坐，更不用说丑旦家了。

陆女是个刚过门的新媳妇，热情地招呼大家，人们都觉得像陆女这样水灵的姑娘嫁到丑旦家真是太委屈了，但又有什么法子呢？一个逃荒者，无户口无家无亲人，只能这样。

众人热闹了一阵子，都回家了。这时丑旦给陆女叮咛了几句，就抱上那两瓶"二锅头"和几盒烟直奔支书家，谢支书去了。

这晚贵生一直坐在河畔，耐心地等待陆女的到来，他挎着小背包，装着两件单衣服。他知道陆女一定会来的，因为有柳青、黑三给俩人传递消息。柳青一直藏在丑旦房侧的树下，寻找机会，黑三给贵生放哨。这时丑旦一出门，柳青就直奔陆女处，俩人拉着手急急地出门，听到外面一声猫叫，就朝那声音跑过去，那是黑三在打暗号……

四个孩子站在河畔，黑三给了贵生10元钱和5斤粮票，柳青给陆女一块包巾，就送他们上路。陆女拉住柳青的手，两行泪哗哗地流下来，贵生也拍着黑三的肩膀，噙着热泪，说道："黑三弟，家里全靠你了。"黑三没有出声，只是用手有力地拍着贵生的肩，然后暗示他们快走。

贵生把陆女一拉，头也不回，一会儿就看不见人影了。柳青拉着黑三的手，只是小声哭泣，黑三把柳青拉着慢慢往回走……

丑旦与支书、黄六指吃喝完毕，已是晚上十一二点了。他回到家中，心想陆女睡下了吧。他划根火柴，点着那煤油灯，一看床上被子还是老样子，随即叫了声："陆女，你在哪儿？"无人答应，他又到门外寻了一圈，还是不见人，这时突然心慌了，快步到支书家，喊着："家申哥，猴哥，陆女不见了。"支书一听门吱的开了，说道："你寻来没有？"丑旦急得结巴着："寻……寻了……一会儿了，没……没人。"支书猜想事情蹊跷，于是把黄六指一叫，三人直奔柳青家，一看灯熄了，人都睡了，支书喊着老杨叔快起来，屋里传出了声："有啥事？"老杨朦胧着问，声音好像是刚醒来，带着睡意，随后门吱地开了。丑旦问:"陆女回来了没有?"杨大叔很惊讶地说:"今天不是一直和你在一起吗?怎么问我呢?"支书一听很不耐烦地说:"人跑了,难道你一点儿都不知道吗?"杨大叔生气了:"你来向我要人呀,那好,随便搜!"说着摊开两手,让开门,站到一边去了,支书示意丑旦和黄六指到屋里寻去,俩人到屋里看后没人就出来了,杨大叔也不说送,进门后把门一关,上炕去了。

丑旦、黄支书边走边商量,这时还得再叫人,于是把红鼻子杨唤醒,让他召集全队人到橡树下开会。

半夜三更李家湾那面破锣又响起来,人们也都成了条件反射,锣一响就朝橡树下走,后一听说是丑旦那新媳妇不见了,每人举个火把寻人,支书还悬赏,谁能寻着人奖一百元,谁能提供有价值的线索奖五十元。于是李家湾的男人们每人举着一把用絮棉扎的火把,到河边、井边、崖边到处跑,边走边喊:"陆女……陆女你在哪里?"只听见对面山峰传来三四次回声,喊一声,它应三声。

黄六指向支书献殷勤地说:"我看派几个人到县城的汽车站寻人去,一定把那贼女子能寻着,明早八点才发长途车哩。"支书一听很有可能,于是让黄六指领了几十个得力干将,每人十元伙食费直奔县城。其他人继续在村周围寻找,没有放过任何可疑的地方。

天亮了,全村人连个人毛也没寻着,就只等上县城汽车站的人能否把那骗子陆女五花大绑,送回李家湾。大家等呀等呀!都到半早上了,人从城里回来了,一看还是两手空空,汽车站也没找见人,于是大家暂时各回各家。

黑三、柳青心里明白,他们知道一旦支书找不到人,一定会到县城汽车站寻。黑三早给贵生说好:"出门向西,不要向东。东边是汽车站,向西走30里,天亮后到公路上等车,这样到县城寻的人也就是有四条腿也跑不过车轮子,你们就可安全脱险。"

月儿弯弯

贵生和陆女终于脱离虎口，远走高飞了……

猴支书这一回把人丢大了，"既赔夫人又折钱"，他能善罢甘休吗？他们把杨大叔一家三口、王仁忠两口子叫到大队的办公室，开始了审问。他们心想杨大叔、大妈一定知道陆女在何处，又追问杨柳青，陆女一定给杨柳青吐露过消息。杨柳青一见这场面，心中有些胆怯，但她想他们有啥证据，只要一口咬定什么也不知道，他们会拿你没办法的。支书不但把他那哼哈二将，丑旦、黄六指带在身边，还从外村叫了几个干将当打手。他们杀气腾腾地站在那里，给人一种威慑的气势。办公室后面大梁上挂着两条长绳，好像是一个刑房。支书坐在办公桌前，丑旦、黄六指紧挨着站在两边，王仁忠两口子、杨大叔三口都站在被审判席上，先是支书发话，他说："今晚咱们要把陆女偷跑的事弄个水落石出，有人告发陆女是跟贵生一起跑的，贵生是人贩子，拐骗良家妇女，王仁忠你必须给我把人交出来。"王仁忠很生气，他硬气地说："贵生前两天就到官坡、兰草干活担粮去了，家里实在揭不开锅，这事和贵生没有半点关系。"当时人都到河南担粮、干活，每天十斤苞谷。河南当时实行的三自一包，那里粮食多又与陕南是邻界，从洛南到官坡不过百十里路。

支书一听，蔑视地一笑："你会睡觉，别人就会翻身，动了大刑，谅你不敢不招。丑旦、黄六指把这个拐骗犯的家长给我绑起来。"两边的二将一得令，三下五除二把王仁忠给绑了起来，随后拉到大梁下哗啦一声吊到了半空中，王仁忠痛得直叫唤。支书大吼一声："给我打。"两边打手一人握一根棒子，向王仁忠的屁股上抽起来，左边一抽，人向右边摆去；右边一抽，人又向左边摆过来，王仁忠痛得直喊。

再说，黑三听说支书把柳青一家人都带到大队部去了，仁忠大叔大妈也被带去了，他随后溜到大队部房后借着后窗听着里面的动静。仁忠大叔的叫喊声黑三听得一清二楚，他想这不是违反法律吗？政治老师说过任何人都不能私设公堂，如果碰到此情况可向公安部门告发。黑三一想马上向镇上的邮电所跑去，那时只有邮电所有电话，随时都有人值班，他飞一般跑到镇上邮电所的电话室向公安局拨通电话，告发了李家湾私设公堂，对无辜的群众严刑拷打之事。他跑回来正碰着支书一伙吊打王大妈，他们已把仁忠大叔打得昏了过去，仁忠大叔的屁股被打得皮开肉绽，但也没问出个结果，就又把大妈吊了起来，认为女人胆小，一见大刑准招，王大妈吓得把裤子都尿湿了。

约过了半个小时，县公安局的摩托车开到李家湾大队部，及时制止了这场恶性事件，把李家申支书和丑旦一伙带到县公安局去了。

杨大叔、杨柳青、杨家大妈才免受皮肉之苦，王仁忠被抬回家，从此一病不起。

过了十来天，李家申支书、丑旦、黄六指等才被放回来，陆女逃跑一事再也无人问津。

月儿弯弯

第九章 第一次市场开放

1962年随着全国市场开放,李家湾随着潮流开始卖蒸馍。集市上很热闹,卖啥吃的都有了,可洛南说是开放,却常见税务人员收税,市场管理人员还不断地收卖馍的和一些零星小贩的东西。所以有时卖馍的总是提个馍篮子,里面放不上十个馍,用毛巾盖住,站在街头,见人就小声地问:"你要馍吗?"若那人说要,卖馍的先是东西前后望望,看没有可疑的人,才给那人递一个馍,收一元钱。黑三每逢二、五、八就赶集卖馍。那时粮食缺到了极端程度,一斗麦子要卖到一百多元钱。"一斗"就相当于36斤,"一升"是3.6斤,也就相当于一个大学毕业的国家干部两个月的工资。李家湾成了"黑市湾",大部分人家都做起了小买卖,开始赶黑市。他们从集上偷偷买回五升或一斗麦子,然后磨面、蒸馍,再赶集,自己则吃些黑面、麦麸。

1962年的麦后,一天黑三与他爸去县城赶集,黑三穿一件纱布缝的短袖,仁厚老汉穿一件抽了絮棉的袄面子,当早上9点左右时,他爷俩经过3个小时的步行赶到县城。一轮火辣辣的太阳炙烤着大地,热得人受不了,黑三那纱布短袖,这时还觉得不太热。而仁厚老汉热得只好将那件袄面子披在身上,两手捉住衣下角,不停的扇动,好像拿了两把扇子。

仁厚老汉今天带了160多块钱,这是他从去年和今年春天辛苦卖馍攒下来的。他准备用这些钱买10斤棉花,回家纺成线、织成布,全家几口人还要穿衣呢。当时布匹特别缺,每人一年只发一尺八寸布票。

他跟儿子来到集上,东瞧瞧,西瞅瞅,总算看到一个人手里捏着像鸡蛋大小的一团棉花,仁厚老汉走过去悄声问:"你卖棉花吗?"当时棉花、粮食是统购物资,不允许随便卖。河南有粮有棉花,而陕西与河南邻近,特别是与洛南接壤,人们都到河南的灵宝、官坡、兰草买粮食和棉花等,从中赚些钱。

那个卖棉花的把仁厚老汉拉到没人的河边,把他那"旺子"(方言即招牌)的棉花团从手心里取出来,让仁厚老汉看棉花绒长不长、花白不白。仁厚老汉看后问一斤要多少钱,那人开口要二十元一斤,仁厚给十二元一斤,两人磨扯了半天,一个升一元,一个降一元,最后商定十五元一斤。于是仁厚老汉领着儿子跟上那人翻山越岭向东走了15里路才到那人家里,称好十斤棉花。

黑三与他爸迅速返回县城,棉花用一条破被单包好,放在离集市有100多米的河岸边,自己坐在那里歇歇脚,让儿子到集上随便买点东西吃,然后再换他去。当黑三走后,仁厚老汉抽下他裤带上的旱烟袋,点着一袋烟,想静静心,让一天来绷得紧紧的弦松弛一下。他悠闲地点上旱烟,刚吧嗒吧嗒地吸了两口,突然一个身穿警服的人走了过来,仁厚老汉的心突然咚咚跳起来,他吓得呆若木鸡、手足无措。那人走到棉花包前,高声问谁的棉花,仁厚老汉一看坏了,打着怯声答道:"我……我我的……"那人提上棉花顺口说:"你的棉花被没收了。""老总……我……不是卖棉花。"那人高声问道:"老汉你骂谁是老总?"仁厚老汉改口说:"先生,是我说错了,对不起。"那人也觉得仁厚是个地道的农村老头,顺口说:"现在不兴称'先生',要称'同志'哩。"仁厚老汉一听,马上改口说:"铜子、铜子,我不是卖棉花的。""不卖放在这儿干啥,这事我见得多了,没收。"警服说着,提起棉花捆扬长而去了……

黑三从集上回来,一看没有棉花,顿时脸色蜡黄,心里咚咚直打鼓,后听他爸说被人家没收了。便没再问,一直追到南门口,远远看见一个身穿制服的人提着一捆棉花朝城里走去。他飞一样地追过去,扯住棉花捆,嘴里哭着、喊着:"叔叔这是我家自己用的棉花,不是卖的,叔叔你行行好!"这一闹一时围了一大堆人,把黑三和那位工作人员围得水泄不通,周围看热闹的人说:

月儿弯弯

"孩子可怜，就给娃算了。"穿制服的一面抓住棉花包，一面仔细打量突然冲来的男孩，他望着这位黑瘦黑瘦的孩子，男孩两行眼泪像珠子一样簌簌落下，身上穿着用纱布做成的汗衫，汗水已湿透了胸部，再看那破烂得一缕缕的裤口，一只鞋没了后跟，一只光脚丫子，可能是奔跑时早给丢掉了。周围人这个说："算了"，那个说："可怜，你行行好给孩子。"就这样不知那位叔叔是产生了同情之心，还是出于众人的围观场合下，反正是一时松开了手。黑三一看叔叔松手了，扑通一下，跪在地下，给那人磕了个头，冲出围观的人群，飞也似的跑了。

黑三要回了棉花。仁厚老汉一见儿子提着棉花，那阴郁的脸一时晴了天，心里乐滋滋的，父子俩不敢再逗留片刻，提起棉花捆子离开了这危险地带。

棉花终于安然无恙地扛回来了。这不是件小事，它对这家人却生死攸关，你想仁厚老汉辛苦了一年多，好不容易攒了这点钱，这是他的全部家当，如果没有了可能仁厚就会没命的，因为这对他太重要了，有了它一家人可以有粗布穿，还可以卖些剩下的布，买些粮食让全家人度过饥荒，救这一大家人。全家人庆幸这令人难忘的一幕。

第一辑·小说

第十章 仁厚梦圆

　　自从陆女逃跑以后,丑旦一直怀恨在心,总想在杨二叔和仁厚老汉身上寻找机会,施行报复。

　　那年月李家湾人的生活特别艰难。上边有了个新的政策,允许社员开荒,广种"十边"地,就是房边、路边、地边、山边、河边、渠边……凡是能开垦的都可以种,谁开归谁,仁厚老汉家的老冢是一片可垦之地,于是领着黑三把那块地垦出来,种了玉米、土豆之类的粮食作物。

　　1962年秋,玉米长得郁郁葱葱,穗子大大的。虽说只有一分多地,但仁厚老汉利用劳动之余,种下这块荒地,想多收一斗半斗,好填饱饥饿的肚子。眼看种的玉米都裂开了粗粗的棒子。豆角蔓也缠在了玉米秆上,结满了一串串嫩绿的豆角。可谁知一天支书开会说,上面的政策又改了,开荒是搞资本主义,凡是开的荒全部没收,归生产队所有。在这偏远的山区,支书就是皇帝,他说啥就是啥,谁管政策不政策哩,支书的话就是政策。

　　一天中午放学后,记得那天是周六,黑三提上篮子来到自家的荒地,望着那绿油油的玉米,心想起来和父亲一年的辛劳,现在被猴支书一句话就给没收了,心里气愤不过。他摘了一篮子豆角,又望着那粗壮的玉米棒子,心想吃些嫩棒子。这是所有儿童的奢望,把那带皮的棒子放在炉膛里一烧,等外皮烧着,然后稍放远点,慢慢地烤熟,吃起来又甜又香,细细嚼起来真是回味无穷,大人更爱吃这种烧玉米或水煮玉米了。但这也有时间界限,如果太老了,就啃不动也不好吃,必须要用手指甲掐试,当玉米棒子一掐有白色的汁液时,吃起来最好吃,这样的美味只有农村孩子最容易享受。城市的儿童很难吃到这

月儿弯弯

种令人神往的东西。那时谁也不敢拿去卖,生产队里根本不让卖,而现在城里多得是。

黑三摘好豆角后,悄悄地扭了三个玉米棒子,埋在篮子下,趁做饭烧火的工夫把玉米棒子烤熟了,他悄悄地把一个塞到衣裳底下,趁妈妈不注意,一溜烟地找柳青去了。

过去黑三有贵生、黑牛两个老朋友还有新朋友陆女,而如今贵生和陆女杳无音信,黑牛跟着自己妈住到西安小雁塔那儿去了,并改成人家的姓了。

黑三和柳青藏在房角,吃了这香甜的烤玉米。下午,他们和村上的孩子赶着全村仅有的五头牛,放牛去了。刚转到农业社时,全村有牛25头、驴15头、骡子3匹,但现在就只剩下这可怜的几头老牛。那食堂化年月,牛跟人一样受尽饥饿,能活下来吗?

这天傍晚,一抹晚霞染红了半个天空,山乡的田野全抹上了一层金色。那徐徐的秋风使人心旷神怡,酷暑已经过去了,使人觉得清凉多了。

黑三一进门,看见自家的院子里放着一大捆绿油油的玉米秆,他不知是谁割了这么多的玉米秆。左瞅瞅,右瞧瞧,家里没有人。黑三把牛赶进圈里,也没在意,走出来,又到柳青家去了。

黑三一进院子,就看见柳青正与妈妈坐在房阶的石头上。大妈不知道向女儿说着什么,黑三走近后,咋看大妈和柳青的神色都不对,他猜想可能有坏事情要发生,只是呆呆地站在大妈和柳青的对面。大妈拉住黑三的手,和蔼地说:"三儿,来,大妈有话问你。"黑三坐在大妈身边,大妈小声地问道:"三儿,中午你到荒地都弄了些啥?""摘豆角,还掰了几个嫩苞谷。"黑三说道。"那棒子呢?"大妈问。"我和柳青都吃了。"黑三不假思索地回答着。"那这事是谁干的呢?"大妈思索着。

柳青把黑三拉到一边,把丑旦一伙扛了一捆玉米秆的事向黑三说了。

原来在太阳快要落山的时候,丑旦扛了一捆玉米秆走在前面,黄六指跟在后面,径直来到仁厚老汉房前,丑旦把玉米秆向院中一扔。黄六指喊出仁厚老汉,说是中午黑三偷偷把队上统一没收的荒地里的苞谷掰了,当时有人亲眼见他在地里摘豆角、掰玉米,铁证如山。按照队上的规定每穗罚粮2斤,共160斤。仁厚老汉一听心里的火实在按捺不住,气得古铜色的脸上肌肉在跳动,嘴唇哆嗦着,结巴地说:"没有……没有……这事。"随后又是"唉……"一跺脚,双手抱住头,蹲在地上,再也说不出话了。

丑旦、黄六指一看仁厚老汉认了,便扬长而去了。不知道过了多久,仁厚老汉好像如梦初醒,他站起来,像个木偶人,呆呆地挺在院里。丑旦一伙啥时间走的,他全然不知。他两眼直直地盯着那堆玉米秆。回想起自己在开垦那块坟冢地时北风吼着,两手裂开的小口子每挖一镢头就钻心地疼,一直坚持着一镢头一镢头地刨着满是荒草的冢地,直到饿得眼发花、头发晕、两臂发颤,才拖着沉重的步履走回来。第二年开春他又把那块荒地挖了一遍,整好地没有肥料,他每天天不亮就提上粪筐,满山遍野地拾牛粪。到下种时,他每天一放工顾不上回家吃饭就去荒草地里下种。等苗子出来后,他又查苗补苗、除草、翻墒,总算把那块荒地侍弄得长出令人欣喜的好庄稼。麦后他每天望着长得六尺高、壮乎乎的玉米,心中有说不出的愉快。他一苗一苗地数着、算着,心想一定能收二斗到三斗金灿灿的好玉米。谁知猴支书心生一计,一声令下,就把自己这块视为心肝的好庄稼给没收了,想着想着那老泪不知不觉随着脸颊流了下来。这真是搬起石头砸自己的脚,没有这荒地就不会有这灾难,没有这荒地谁能罚我这160多斤的救命粮呢?他自言自语地呻吟着:仁厚呀仁厚,你好苦的命呀!

仁厚老汉站在那里不知有多长时间,他猛然间醒悟起来,心想不行,我得找支书评理去,这么多玉米棒子我儿子是怎么拿回家的,现在又在哪里呢?我要找支书评理去。其实仁厚这人,在一急的时候就把啥话都忘了,等人走后他冷静一想,才想出了这些,他把自己的头使劲地捶,他恨自己刚才为啥不拿这

月儿弯弯

话问他们。他决定寻支书去，便大步出了门……

怪不得黑三放牛回来，一看家里没有一个人，门却大开着，他也没有管门锁不锁就径直到柳青家去了。那年月可算得上治安最好的年月，真是"夜不闭户，道不拾遗。"你就是把门开一天，也没有人偷你的东西。偷什么呢？无财可偷，几乎家家都是吃了上顿没下顿。至于穿衣嘛，每人每年发一尺八寸布证，一家人的布证只能扯一件衣服，若有年轻媳妇想上娘家去，还得借一件没有补丁的衣服，借一双较新一点的鞋。一般人家只要有一件新上衣或新裤子那就很富裕了，并且都穿在身上，贼想偷什么呢？偷粮没有，偷衣没有，贼自然就少多了。另外那高压政策，但凡有一点儿事，那批判会、斗争会贼也受不了。

就说黑三在这半年穿的一件棉袄吧，还是他姐在出嫁时脱下的一件花棉袄，红色的大花袄，穿在身上把膝盖都遮住了，三妈又怕孩子越长越高，不敢裁剪，只是用煮黑给煮了一下，红花变成了黑红花，黑三硬硬穿了两个冬天。有一次同班的一位女同学竟把他误认为是她的女同学，上前拉住手，喊女同学的名字，结果闹了一个大笑话。

夜很深了，黑三和柳青并排走在洛河岸边的小石路上，石子被踢得老远，咚的一声又落在前面，与别的石子碰撞发出了响亮的声音。他时而又仰起头，凝望着空中的弯月，不时地伸开手臂恨不能抓住那弯如镰刀的月儿，一跃到那天空中去。他恨透了这满是冤屈的李家湾，梦想着住到天宫上去。他想着婆婆在世时曾经给他讲的天宫那富丽堂皇的宫殿和神仙的美好生活，婆婆说过天宫里有美丽的嫦娥仙女，天宫里至今还有牛郎、织女。牛郎能披上牛皮飞向天宫，我为何不能逃离这充满邪恶的李家湾呢？想呀想呀他终于开口了："柳青，我想……"黑三的声音本来很低，柳青也思索着她用什么话才能解除黑三的痛苦，根本没注意黑三叫她。黑三提高声音，柳青醒悟了，先是一愣，"黑三哥，你叫我？"柳青问。黑三对柳青说："我心里老是想不通，这么多棒子是谁干的呢？"柳青扑闪着眼睛，温和地说："不知道，我想……"黑三又说："我得想法子把贼找着，好让我洗清这不白之冤。"柳青摇摇头，不出声，表示无法可想。

二人都不出声了，又慢慢地走在洛河的小道上，左边是那哗哗的洛水依旧发出永不变调的声音。右边田野里蟋蟀吱吱地鸣叫着，好像只有这时才是那些小生灵最欢乐的时刻，而他们都觉得怪烦人的，总想找一个万籁俱寂的空间，使脑子清静下来。

他俩在河岸上走了几个来回，还是想不出个好办法。黑三劝柳青回去，柳青劝黑三不要为这事过分难过，要想远一点，总有个水落石出的时候。她送黑三到家后才放心地回家，而黑三又心疼柳青，觉得一个女孩子大半夜走这段虽说不长的路，总还是叫人放心不下。眼看到了黑三家了，柳青说："哥，你回去，我要走了。"黑三又回头说："小妹，我送你回家吧，你一个人我实在放心不下。"柳青嘴里说着路很短哩，我不怕，而实际心里怪怕的，黑三说要送，也就又同黑三慢慢地向她家走。等到了柳青家门口，黑三让柳青回去，他就回家，可柳青总觉得今天这事对黑三刺激太重了，他心中的冤屈真无法倾诉，万一想不开走向……柳青心中一颤，不敢向下再想了，又固执要送他。黑三再三劝她也不听，气得真把她没办法，又只好随她慢慢地踱步。

这天是农历七月的下旬，下弦月本来天一黑就挂在当空中，而这时也快要落下去了。他俩还在河边走上走下，直到杨大叔等不着她回家，来寻时看到两个孩子还在并排低着头、小声地说着话并向前走着。杨大叔想喊一声，但刚一张嘴又止住了，他实在不忍心打搅两个孩子说话，他从心眼里喜欢黑三，他也曾幻想过将来柳青与黑三相爱了该多好呀。他远远地尾随而来，是想听孩子们的说话吗？不，是不放心孩子们吗？更不是，那究竟是为啥？他脚步踏得很轻，有时连气都不敢大出，生怕打扰了孩子们的谈话，他知道女儿的心事，但从不在女儿面前透出一点，他觉得女儿还小，要等将来长大了……

月儿弯弯

　　他看到柳青和黑三今夜那种有难同当的深厚情谊，就情不自禁地想起了20年前自己躲壮丁时柳青妈送他逃跑时的情景，柳青妈那噙着泪花的双眼静静地望着他，临走时又拿出一块白色毛巾，亲手给他包在头上再三叮嘱："在外时时要小心，不要着凉……"

　　今天20年前的一幕幕往事又涌现在他的眼前，那时柳青妈也正值今天柳青的年龄，她那椭圆的脸、弯弯的眉、苗条的身段是个活脱脱的柳青。他临走时柳青妈双手抱住他的脖子许久，许久不愿松开的情景令他永远铭记心田。

　　他在秦岭山里一躲就是三年多，柳青妈苦苦地等了三年多，直到新中国成立了他才回来，后与柳青妈到乡政府领了结婚证。回想起那昔日往事，杨大叔禁不住又流下了热泪，他赶紧抹掉泪水，自语道："不想那事了。"于是他又快步向前走。

　　快到黑三家了，两个孩子都站住了，黑三拉住柳青的手，柳青的头刚好向黑三肩上靠去，忽然听到后面有脚步声，心一惊，又站得端端的。这时杨大叔走近了，柳青一眼认出是他爸，顿时脸上泛起了红晕，脸上热乎乎的。好在晚上没有月亮，天不明亮，不能发现她脸上的变化。杨大叔来到孩子跟前很不自然地说："三娃子，走，咱们到你家坐坐。"于是杨大叔同两个孩子向屋里走去。一盏油灯远远地亮着，门吱的一声响，仁厚老汉随即就叫："三娃子。"黑三"哎"了一声，三人走到里间，仁厚老汉正坐在炕头上，靠着墙，手里端着水烟袋，呼噜噜地抽着呢！杨大叔见仁厚老汉急忙起来要下炕，就赶紧让他不要下来，就势向炕沿一坐，仁厚老汉递过水烟袋，杨大叔抽了几口。黑三进门后，给灶膛前的墩子上一坐，把仅有的一个靠背椅子让给柳青。杨大叔安慰了仁厚老汉几句，叮咛仁厚老汉不要向孩子发脾气，孩子是无辜的，心里够难受了。仁厚老汉说："他叔，你放心，咱养的狗，咱知道。"黑三一听他爸的话，那心里委屈得受不了，鼻子一酸，泪水哗哗地流了出来，他头低得紧贴膝盖，声音哽咽着，又不好意思大声哭。黑三妈只是叹气，柳青再三劝住黑三，随后他们回家去了。

　　1962年冬队上结算时，仁厚家的160斤粮食照例还是被罚了，只给仁厚老汉再找补二斤三两粮，仁厚老汉气得也没去要那半升粮食。在那年月，这160斤粮食是关乎一家人的生命呀！春节前仁厚老汉家就没有一点粮食了，这年腊月二十八日，天还没亮仁厚老汉领着一家人，晚上两点就出了门，谁也不知上哪儿去了，整整七八天仁厚老汉家门老锁着，柳青不知去了多少次，总是不见人。直到正月初五晚上，人们都睡熟了，仁厚老汉才领着黑三、黑三妈回到家中。

　　事后一天柳青到黑三家去，黑三妈正在锅上忙着做饭，她正向锅里搭馍篦子。柳青一眼看见篦子上放着那大小不等、黑白各异的馍块块，才知道黑三和他爸妈趁春节时出门到关中要饭去了。她一想到这难过得流下了泪，但她是个机灵的女孩子，她一转身拭去眼泪珠，装作没事儿一样，黑三妈忙着做饭，也没在乎孩子的举动。

　　此后柳青见了黑三也从来不问黑三上哪儿去了，黑三也是个倔强的孩子，从来也不想给人提那桩伤透心的事。柳青深知这事是黑三最痛心的事，只是自己心知肚明，从不让黑三因那事伤心。她对黑三更加体贴，家中有啥好吃的，总是给黑三留一些，从未独揽过。

　　数年后，这桩冤案才弄明白，那是落实政策的1978年，别人揭发李支书等人的罪恶时说出了丑旦、黄六指等人有意加害仁厚老汉与其子，因丑旦以为陆女逃跑与黑三有很大关系，黄六指在王寡妇跟前的短处仁厚老汉也知道，他们恨死了仁厚老汉父子，终于找了个碴儿，栽赃陷害人。

月儿弯弯

第十一章 柳青母女下河南

1963年的2月,虎头崖上的山桃花满山遍野绽放显示着它们的风姿,那粉红色的山桃花映红了整个李家湾。高大的山坡下,这几十户人家的房屋顿时显得越发矮小了,因为此时虎头崖上的一切颜色都让桃花淹没了,连那一座座小山头仿佛都隐居起来,整个山崖恰似被一张无比宽大的红花被面覆盖着。而山下却又像谁人张开的无比宽大的淡绿色的绸被面,铺在了李家湾的对面,那是河岸上的河柳,使李家湾显得更加窄长。大自然按照它的规律春红、夏绿、秋黄、冬白,周而复始向人们显示着它的自然美。本来这个季节人们应该兴奋,但此时李家湾的人却无精打采,没有生活的欢乐,大人、小孩也不出来瞧瞧那片映山红,也不出来踏那绿绒毯,更没有人到河边观赏那淡绿色的柳芽,村庄的人都到哪儿去了呢?下河南。

下河南是李家湾大人、小孩奢望的事,谁能到河南去一趟,谁就感到无比荣幸。因为到河南去的人都有饭可吃,听从河南回来的人说,河南实行包产到户,家家不愁没有粮吃,顿顿都有那老碗口大的苞谷面馍,黄澄澄、香喷喷,要吃几个有几个,只要你给人家干活,每天三顿管饱,还付给你十斤苞谷。你干他十天半个月,便可得到一百多斤粮食,这样不但自己填饱了肚子,家里的妻儿老小也有粮吃了。李家湾人凡是去河南都在官坡、兰草、卢氏一带,只要你走50多公里路,便就到了。

杨大叔家已三天揭不开锅了,柳青看到家里这种情况,心想自己是个女孩子,整天读书使爸妈受苦,也就干脆不上学了,全家人趁天不亮起来,悄悄地出了村。杨大叔挑一条扁担,两口粗线织的布袋子。杨大妈挎一个小小的包袱，里面装些她和柳青换洗的衣裳，到天亮，他们就走了30多里路。等到饭点时柳青已饿得实在走不动了，杨大叔让她母女二人坐在路边歇息，自己到附近的村庄要些吃的。柳青母女在路旁等呀等呀，总是不见她爸回来，柳青妈站起来，想自己到路边的人家要碗水喝，可一站起来只觉得头发昏、两眼直冒火星，一时东倒西歪、踉踉跄跄。柳青急忙站起来扶住妈妈，可自己的脚也痛得走不动路，原来柳青的脚上也打了两个大血包，一走钻心地痛。她母女俩相扶着，一瘸一拐向路边的人家走去。此时正是吃饭的时间，她母女来到一人家门口，看见一个妇女正坐在门口吃饭，柳青妈向人家说明来意，要人家行行好，给碗水喝。那妇女也是个好心肠的人，看见这母女走路艰难的样子，就盛了碗稀饭给她们，柳青让妈妈吃，妈妈让柳青吃，让来让去，谁也不愿意吃一口。那位妇女一看她母女谁也不肯先吃，转身把仅剩的一碗也端出来。柳青也看到大婶盛饭的情况，接过碗一时泪水夺眶而出，哭得说不出一句话来。大婶也抹着眼泪让柳青吃饭，她母女每人喝了碗稀饭后觉得精神好多了。杨大叔也回来了，带回两块黑馍馍，母女俩都吃了点，于是又慢慢上路了。

本来从李家湾到河南的官坡只需一天多一点时间，可是柳青一家却整整走了两天。是他们懒得赶路吗？不是，他们也恨不得一天就能赶到，只因柳青妈从来没出过远门，柳青又年幼，她母女俩的脚上满是血泡，一路上又要讨要，耽误了时间。第二天赶天黑才翻过那陡峭的剑杆岭，来到河南境界。当晚杨大叔与官坡的一家姓朱的商议好由柳青妈给人家每天纺线织布，柳青这女孩子帮人家喂猪、打猪草、干些家中杂活，母女俩顶一个男人的工钱，每天可挣到10斤苞谷。杨大叔因要回家给队上出工，不敢在那里久留，只干了四五天，人家给付了70斤苞谷，就往回走。

他肩上的担子一闪一闪，一会儿换在左边，一会儿换在右边，他步伐轻盈，不知不觉来到了剑杆岭，这是河南与陕西的交界处，路旁立着一通醒目的石碑，石碑的东边镌刻着"河南"字样，西边镌刻着"陕西"二字。他觉得有

月儿弯弯

些疲倦，就坐在界碑下歇歇脚。这时后面也上来一位挑粮食的，那人也放下担子，坐下来，他俩拉起话来，从谈话中得知那人也是陕西人，一听是乡党，杨大叔心中觉得太好了，出门人若能遇见乡党，一同赶路，那是求之不得的事，他俩谝了一会儿，又开始上路了。

那人是下河南的老手，从河南担粮食跑了好多趟了。那人讲进入陕西之后，沿路有几个关卡，如何绕过关卡，杨大叔暗自庆幸自己遇见这个好人，省了许多麻烦，他跟着那位义务向导，爬山越岭，有时还昼伏夜出，终于安全地运回了这比黄金还要贵重的东西——粮食。

当时运输粮食是要被罚的，若被关卡捉住不但被没收粮食，而且人还要在设关卡的地方服役十天半个月的。幸亏杨大叔遇上这位知心的伴当，领着自己巧妙地绕过了关卡，免去了服役的灾难，杨大叔深感做人之难。经过两天两夜的长途跋涉，杨大叔在深夜十二点钟偷偷地进了家门。粮食担回来了，虽说是一天两顿糊汤饭，但毕竟是有吃的了。

他一进门，歇了会儿，又开始了推石磨，他把那苞谷磨碎，连皮带面盛到陶缸里，又生火做饭，天快亮时，他才美美地饱餐一顿。

天亮了，红鼻子杨照例叫喊着让社员们都到地里上工去。杨大叔拖着疲惫的身子又出工了。这天早上他心中老是盘算着自己几天没有出工了，队长一定要寻找麻烦。他躲着队长，举起镢头，挖着地一言不发，等待队长的发落。队长也知道老杨干啥去了，这已经不是秘密的秘密。这事儿就这样溜溜地过去了。

再说河南的官坡镇是个地处深山的地方，那里的山大林密，人口稀少。柳青帮工的主家有十五亩地，掌柜的见人和气，从不在柳青妈面前发脾气，柳青也像在自己家一样。柳青妈感激掌柜的对她们母女好，每日勤勤恳恳，除纺线织布外，啥活都干，她又是个手艺巧的女人，无论纳衣做饭样样都好，整整一个春天都在这位姓朱的掌柜家中。

第一辑·小说

柳青在朱掌柜家,早上给猪割些草,中午做些简单的家务。掌柜也有个女儿跟柳青差不多大,有这样一个伴当,柳青心里畅快多了。她们一起放牛、割草、玩耍,说心里话,当朱掌柜的女儿放牛时,她也一起到坡上尽情玩。一天她们正在赶牛往回走,对面来了一位年轻妇女,柳青以为是本地人就主动打招呼。过去后几个放牛的女娃才给柳青说那是你们陕西人,听说在一个叫啥市的人,另一个说叫腰市的地方住,柳青一想腰市与我家很近,那不是乡党吗?几个女孩子给柳青说:"听大人说,那人不地道,不要理识她。"柳青说咋不地道哩,掌柜女儿在她耳边悄声告诉她,就是"卖身哩"。柳青还不懂啥是卖身,后来才弄清是跟男人发生那关系,一次挣两毛钱,柳青听后很恨那个不争气的女人,好像给她丢人了。有一次妈妈与那人在门口碰见了,说着话,柳青看见了,到屋后还埋怨妈妈爱理那样的人。后来她妈妈才向柳青说那人是实在没别的法子,家中两个小孩子,丈夫又瘫痪在床,一家人就靠她一个人,一个女人家挖不动地、担不动粮,给人干活一天只挣五角钱,别人给她粮食她又拿不动,她实在无路可走,她才……柳青妈叹息着。柳青过后心想:两毛钱呀两毛钱,多可怜的大姐呀,为了孩子们的吃饭,为了生病的丈夫,她丢了廉耻……

有一次她又见到那位大姐,她不但不恨大姐,反而产生了深深的同情之心。柳青掏出自己身上仅有的十元钱给了大姐,让她给孩子们买粮吃。大姐也流着眼泪千谢万谢,那时的十元钱不是个小数目,这也是柳青见的最多的钱,是掌柜给她让她回家后买衣服的钱,柳青却毫不心疼地给了这位不知名的大姐。

多么慷慨的女孩子,她内心深处总想的是别人。记得黑牛跟他妈走时,柳青就把自己身上仅有的钱给了黑牛。贵生跟陆女逃跑时她也给贵生钱和粮票,还不让黑三和陆女看见;又把自己最心爱的包巾送给陆女。她心中老想着别人,唯独不想自己。

月儿弯弯

官坡虽然离李家湾只有50多公里路，可这里却是另一个天地。自从这里实行包产到户后，人们干活出力，生产积极性极高，一大早也没有听到队长用传话筒吆喝，各家自觉地到自家承包的地里干活。一面面坡地里庄稼长得齐刷刷，真喜人。哪像陕西李家湾，队长跑前跑后把人赶到地里，都已八九点钟，人们还懒洋洋地想干不想干，地里的庄稼稀疏、矮黄、参差不齐，哪能有好收成呀，三亩地顶不住这里一亩地。柳青妈每当看到人家的庄稼总是赞叹不已。河南同李家湾同是一个共产党领导的，可人家柜里粮食满满当当的，而自己家里的柜子却空荡荡的。这里鼓励农民开荒，而李家湾人谁若开点荒队上就没收，这是截然不同的两种做法，难道不是一个党中央吗？

柳青妈也听当地人讲，河南的包产到户还是一位中央领导亲自在那里搞的试点。

河南的包产到户符合人们的心理状态，顺应了事物发展的客观规律。社员们都觉得有奔头，自己多种就能多收，洒下一分汗水就有一分收获，自己把庄稼种好种坏都关系到自家收多收少，人们都精心在自己承包的地里做文章，凡是到河南去的人都有同样的感觉。柳青妈思慕着，李家湾何时也能像河南这样，好让自己也填饱那饥饿的肚子。

一天支书来到杨大叔家，问起柳青妈不上工的事："没有请假，私自长期旷工，按队上的规定是要罚工的，看在你家生活确实有难处，你利用闲余时间为生产队把那三间老房的墙土挖倒，队上做肥料，这样顶杨大妈工分。"杨大叔一听满口答应。

柳青母女在河南一晃三个月过去了，眼看快到收麦时节。一天柳青妈在梦中恍惚地听到柳青她爸在唤她，等她细看时，柳青爸满脸是血，远远地向她走来，她一时心情紧张，不顾一切地奔过去，可怎么走也总是走不动。她放声大哭，一时惊醒过来，一定神才觉是一场噩梦，她伸出手摸摸头，满头是虚汗，汗水渗透了全身。这夜醒来她再也睡不着了。她不免思念起多年来相依为命的老伴——杨林杨大叔了。

几天下来，杨大妈心情一直不好，总觉得心里有什么事，但又说不清，她心中迷迷糊糊的。在天黑前，忽然黑三来了，杨大妈一见黑三劈头就问黑三来这里是为啥事。黑三很镇静，只说杨大叔托他前来接柳青母女回家收麦子，他自己想来，但家中忙，故托黑三来接她母女俩回家去。姓朱的掌柜听说柳青家来人接柳青母女回家去，心中起了疑虑。他趁黑三上茅房的机会赶到茅房问黑三柳青家到底发生了什么事，黑三只是附在朱掌柜的耳边嘀咕了几句，朱掌柜一下子变了脸色，但走出茅房后他又恢复了原来的神态。

朱掌柜回屋后就叫他老伴忙着搭火烙饼子，说是柳青妈明天要回去，他实在不想叫走，但要收麦子，不能再留。黑三走过去，对柳青妈说："大妈，我家实在也揭不开锅想来担些粮，大叔说是顺路把你和柳青带回去，咱还是准备一下，等会儿吃了饭咱就走。"柳青一见黑三喜出望外，她惊喜的满脸都挂上了泪花，拉住黑三的手，问长问短。她左瞧右看，多少天来日思夜想的人突然从天而降，她能不高兴吗？随后朱掌柜把账给算清，工钱都折合成钱，又给黑三装了五十斤粮，大妈感激朱掌柜人好心好。掌柜和女儿把她母女俩送了很远，才恋恋不舍地让他们赶路。

在天黑前柳青、柳青妈和黑三进山了，夜越来越深，坡愈来愈陡，三人帮扶着爬上剑杆岭，累得直喘气。柳青妈实在走不动了，恰好路边有一户人家，他们三人就坐在人家房檐下歇息。那里有一张芦席，黑三展开，他们三人坐在席子上，靠着墙。柳青、黑三到底还是孩子，不一会儿就呼噜噜地睡着了。柳青妈坐在边上，护着两个孩子，她怎么也睡不着，一会儿闭上眼睛，一会儿忽地打个寒战，抖得浑身发麻，向远处一望黑压压的一片，远处有饿狼的隐约叫声，她越发心慌。过了一会儿，她看房檐下台阶旁有一块木板，想取下来挡在身边睡一会儿。当她正准备取木板时，猛然瞅见板后面有一双蓝汪汪的眼睛，"呀！狼"一声尖叫，黑三和柳青吓醒了。黑三操起扁担跳下台阶，那狼前爪

月儿弯弯

已趴在地上，嘴头着地，支起后肢，随时准备猛扑过来。黑三顺手把大妈向台阶一拉，自己站在狼的对面，当狼忽地蹿起猛扑过来时，他机灵地下蹲，饿狼从他头上猛蹿过去，他随机一转身，扁担哗地抽过去，正击在狼的屁股上，狼一声惨叫，向远处跑去了。黑三就势软瘫在地下了，杨大妈一看饿狼被赶跑了，急忙扶起黑三，只觉得黑三全身的肌肉都在哆嗦地跳。

这时这家的主人也被惊醒了，出来开了门，让他们三个都来到屋里。三人歇了一会儿，心才静下来。柳青为黑三的勇敢而兴奋，不时地投以敬慕的目光，大妈再三唠叨着："要不是黑三这样的话，饿狼扑过来，那大祸就要临头了。"而黑三却想，他是一个男子汉，在紧要关头顾不得想别的，一心保护好她们母女，因此才有这超出一切的本能。然而禽兽是多么的狡猾呀，一直隐蔽在木板后面，以待时机，残害人命，人生在世随时都有意想不到的险恶。如若大妈也呼呼入睡，那现在可能已被饿狼暗算，说来还是好人自有天照应。

第三天中午，他们三人一回到自己的家，一到门口，一把大锁挂在门上。柳青还以为他爸出工去了，她与妈妈往台阶上一坐，这时黑三已通知了他爸妈。一时间，仁厚老汉、黑三妈、仁忠老两口等左邻右舍来了一大堆人，仁厚老汉与柳青妈搭话，他说："他大叔看你们没有回来，这会是不是接你们去了？"说着用钥匙开开门，柳青一脚踏进门，总觉得一股新松木头味儿，突然一声惨叫："我要爸爸，我要爸爸。"柳青妈一听女儿的叫声，又看邻家脸上的表情，突然一个可怕的念头从心底升起，她不顾一切向门里扑去，口里吼到："娃他爸……"一时气得昏死过去，众人急忙扶的扶、捶背的捶背，给灌了几口清水，人才慢慢醒过来。

等母女痛哭一大场后，黑三妈才慢慢地给柳青与柳青妈把家中发生的重大事情讲了：几天前，早饭过后杨大叔为了尽快地把支书给他分配的旧房拆掉，在队上还没有出工之时，他一个人拿上镢头在墙下掏墙根，可就在这时墙倒塌了，杨大叔被压在墙下，等众人闻讯跑来时，杨大叔已离开人世，那年正是三十六岁。乡村有句俗语：人到三十六，喜的喜来忧的忧。偏偏这个倒霉的事叫他给遇上了。这是天命吗？可能也算是吧，但你细想怕未必，试想大叔一家若不下河南能有这事吗，自然不会，若没有罚工分这土政策，大叔能拆墙吗？更何况拆房并非一人能所为。但可怜的大妈她认了，也不懂得什么是法律，只觉得自己倒霉，只是在弱小的柳青那幼小的心灵里铭刻下这有生以来的痛苦。

　　从此杨大妈失去了自己的亲人，柳青失去了父爱，苦命的人从此更艰难困苦了。每逢过年过节，杨大妈就坐在坟前哭呀、喊呀，柳青一边拉着妈妈一边流着眼泪，妈妈的哭声阵阵刺在柳青的心里。这哭声不光是对亲人的哀念，这哭声还哭出了人生的酸甜苦辣，这哭声是对李家湾现实的控诉。

　　大妈的哭声在李家湾的上空回荡，这声声泪、句句血，炙烤着人们的心，就是石头人也会被哭软的，这声音由高到低，由尖细到沙哑，这泪水由涌泉到落珠，由落珠到枯涸，声哭哑了，泪流干了。天越来越黑了，大妈还是依然坐在坟前滞滞地望着那堆新土，眼珠动也不动。柳青一直依偎在妈妈身旁。黑三从听到哭声就来到这里，他耐心地等待着，最后他扶住瘫痪如泥的大妈，耐心地等待大妈起来。夜幕降临了，满天星斗发出令人发颤的寒光，大妈望着身边的孩子，她终于站起来了，她知道孩子需要有她，她知道人死不能复生，她更知道后面的路要她挺起腰杆走下去……

月儿弯弯

第十二章 是非曲直谁人曾与评说

　　人们有句口头禅：打墙的板上下翻，国王江山轮流坐，三十年河东，三十年河西。这是人们对社会变化的经验之说。

　　黑牛他爸饿死后，黑牛妈远嫁他乡，你想，黑牛进别人家的门，并改成人家的姓，可倔强的黑牛总觉得寄人篱下不是滋味，思乡之情与日俱增。贵生和陆女夜逃河南信阳，在陆女的老家成家生子。这年已到1964年，李家湾又开始了社会主义教育运动。上边派工作组进村，对各个大队的干部逐人审查，凡是多吃多占、贪污盗窃、作风败坏、账项不清的都进行清查。而李家湾的李家申、黄六指黄志明、拐子鱼都成了四不清干部，被赶下了政治舞台。一时由谁来替换呢？工作组不能长期在李家湾住，恰好工作组中有个黑三的同学，老同学见面当然无话不谈，于是黑三就给那个同学推荐黑牛、贵生。黑牛家里是贫农成分，人又有文化，是队上的依靠对象；贵生家是中农，也是初中毕业，当然是团结的对象。于是工作组就把这俩人都叫回来了，而他们也都正到年龄，干啥都雷厉风行，黑牛先当生产队的队长，贵生任会计，陆女管妇女工作，仁厚老汉当了生产队的保管，这年黑三正在县高中上学，他给黑牛、贵生参谋，三人是个圆合班子。

　　这次"社教"在全县开展，原各大队的干部谁没有问题呢？李家申这个猴书记，从来不到地里去，因他是土皇上，一切他说了算，他的工分手册记工员没法写，支书说你就写"没闲"，于是记工员给李支书的工分手册上天天写"着实没闲"，一年三百六十天都是这四个字，只有农历正月初一到初五空着；而拐子鱼的工分手册上天天写着"招待领导""上县开会""陪领导检查"等等。"社教"工作组进村后发动群众揭发干部的问题，因对那些干部日常积怨太深，等到这时啥问题都出来了。在食堂化时多吃多占、偷队上的粮食、挪用公款、贪污公款等等，问题一大堆，当然有些事也有夸大虚报的现象。例如在落实拐子鱼偷粮一事上，给拐子鱼定的罪中有一项是一晚上偷了队上3000斤粮食，一个人能担那么多回家吗？仁厚老汉都站出来说："这个罪不能定，我们要说实话，不能逼人说空话。"但工作组不同意，他们主张上报的数字越大说明你工作成绩越大，故尽量向上多报。还有从六一年上面政策叫开放市场，允许人们做小买卖，李家湾人都做过小买卖，而现在政策一变说那是"走资本主义道路"，市场关闭，大搞割"资本主义尾巴"，人们连鸡、猪、牛、羊都不敢养，更不能买卖。原来在开放时期做过买卖的都要按"投机倒把"来对待，要补交税款，其计算办法更令人可笑。例如谁家卖过挂面、蒸馍，凡是小商小贩都在补税之列，按你一天卖多少，一月卖多少，一月按30天，一年按360天算，三年又是多少，这样驴打滚，让你来补税。仁厚老汉也卖过挂面，工作组让他补税，而仁厚老汉也不知道是精明还是偶然的机会，他在卖挂面、卖蒸馍时，凡是税务所让他报的税票，每次回来他都放在祖先的神龛里，当仁厚老汉回家取出那一叠税票，工作组一看有税票，就没有叫他再补税。这事真叫人蹊跷，是仁厚老汉有先见之明吗？未必，我想只是偶然而已。别的人谁会把那东西保留下来呢？这时一算就是一大笔，没钱用房子抵押，好多人的房子被没收了。

还有更叫人揪心的是补划成分，不知上面咋有指示要重新补划成分，好多本来在1952年土改时给划的中农、上中农，现在要重新审查，重新划分。李家湾新增加地主成分有好几户，房子被人分去了，家具分给了别人，好像工作组主张哪个队划的新地主、富农越多，就表明他们的工作成绩越大。黑牛、贵生都困惑了，他们多次向工作组建议，不要这样扩大，增加群众之间的矛盾，但工作组说这是上面的政策，他们只是照办。

月儿弯弯

仁厚老汉是中农，大家都知道这是他要的。可是一到"社教"，有些人就说王仁厚能够划上地主，原因是他在新中国成立前三年中雇过长工，长工就是在他家里学吊挂面的李省娃。后工作组到李省娃那里一调查，而那人很正直，不是那奸佞之徒，很公正地证明："那时我跟人家学吊挂面，我是去学手艺去了，不是人家雇我当长工。"那年月说假话的人比比皆是，把黑的能说成白的大有人在。由于李省娃说了真话，结果才没有给王仁厚补划上地主成分。

李家申退出舞台以后，他一看自己在李家湾再也不能翻身了，就把婆娘引到山外莲花寺居住去了，他的女儿妞儿已十七八岁了，就许给了莲花寺四方村队长的儿子，然后通过队长疏通关系，把他家的户口迁到四方村。关中道比山里的土地平，粮食收的较好，日子也过得去。

黄六指原是李家湾会计，"社教"下台以后，因无钱退赔，就把他原来土改分的地主王仁俊的三间房又卖给了王仁俊，自己回他老家去了。后在老家日子也没法过，就出门到关中道溜蹿去了。多年后，有一次黑三出山卖木料在华县县城正吃饭时，忽然看到黄六指衣服肮脏、腌臜不堪，人已黑瘦黑瘦，那食堂化中凸起的将军肚不见了。黄六指一个桌子、一个桌子地讨要，有给一角、贰角的，也有给五角的，也有厌烦地哄他走的。黄六指拱着他那十一个指头，低着头，嘴里还念叨着："大人行行好，可怜可怜我，给点小钱吧！"黑三心里很气，他提高声叫道："黄志明，你也有今日。"黄六指一听，抬起头，嘴里"啊"了一声，满脸羞愧。黑三看到他那哈巴狗的可怜相，不忍心，随即掏出一张十元钱递给了他，而嘴里啥也没说，他也说不清当时处于啥动机，是恨、是怨，还是可怜。黄六指拿着这十元钱又惊又慌又惑，忙哈腰点头向远处跑去了……

黑牛当上队长后，他看着经过这么多年折腾来折腾去被整苦了的人们，他心中很沉重，思谋着如何才能让乡邻们有饭吃、有钱花，日子过得好一些。他想先和黑三、仁厚大伯商量商量，他觉得仁厚大伯一定会给他出好主意的。晚上他直接到仁厚大伯家里,等他踏进门,黑三一眼就看清是黑牛,高兴得一蹦三尺高,搂住黑牛的脖子,他们也有个把月没有见面了。黑三老是在县城上学,有时一两个月才回家一次,他们见面的机会很少,坐下后兄弟俩那心还蹦蹦地跳。他们一起长大,啥事都能想到一起去,黑三也是趁学校周日专门回来与贵生、黑牛见面的。黑三心想这下可好了,黑牛和贵生当上了李家湾的领头人,李家湾有奔头了。他快步把贵生父子、陆女都叫到他家,他想今晚我们要在一起好好叙叨叙叨……

一时间,黑三家里坐得满满当当,黑牛把他的想法讲给了大家,他叫大家都为李家湾出主意,怎样才能使人人有饭吃、有钱花。仁厚老汉看孩子们都长大了,又掌握了李家湾的大权,他心中无比畅快;仁忠叔也觉得贵生、陆女如今能在村上有些权,给他也长了脸,他要好好支持孩子们,把队上的事办好。他们这些年龄大的也都是老牛自知夕阳尽,不用扬鞭自奋蹄。柳青知道黑三回来了,她是最早就过来的。她思念自己心中的人,她天天都扳着指头数哪天是星期六,那天她的心上人会回来,心中比谁都记得清。她拉着妹妹陆女的手,那亲热劲儿叫人无法形容。

贵生给大家简单地讲述了他在河南看到的情况,说出了自己的想法,他提出:"我们要叫人有饭吃,咱们必须把土地一片一片划到私人名下,由各人自己耕种,但上面没有政策咱不能这样做。"仁厚大伯听后提出自己的想法:"咱悄悄地把地划到各家名下,但劳动时咱五户为一个小组,五户人在一起,把你的活干完,再干另一家的,记工员天天照样记工分,年终咱照样有结算账,有分粮斤数,万一上面来检查,咱就拿出来作挡箭牌,咱是分组劳动,一切都是集体形式,这样不是更好吗?"大家一听都赞成,贵生和仁厚大伯的想法合在一起最合适。柳青也讲述了她在河南官坡看到的情况,陆女提出种植烤烟,她在娘家种过,也会烤,大家一听都喜出望外。黑牛一听心中一下子有了主意,他对大家说:"好,咱们说干就干,天塌下来有我顶着,咱先开个社员会,叫大家再合计一下。将来种烤烟和销售由贵生和陆女负责,咱这里地处深山,只要大家不向外张扬,是不会有人知道的。"

丑旦在李家申走后,乖巧多了,没有黄六指、他猴哥的主意,自己没啥心眼了,一天只是趿拉着他那没有后跟的破鞋,穿着那裤口都掉絮絮的烂衣服,只盼上面啥时候给他发救济棉袄和棉被,或发点救济款。

黑牛说干就干,他和贵生、陆女把本队的地按人口定到各人名下分成小组,每五户为一组,劳力多的与劳力少的搭配在一起,互相能照应的为一组,决不能丢下困难的。另外又留出几十亩山沟中的地,旁人不容易发现的作为种植烤烟的地,等开春栽好烟苗,又准备修三个烤炉,等烟叶长成后,还要烤烟叶。

1965年李家湾人都悄悄地种着自己名下的地,种子、肥料队上统一分配,秋后再结账。每五户人干活在一起,分小组干活外人谁要问起,大家都一口气。

种烤烟一家出一个劳力,栽、锄、摘、烤有人专管。这一年李家湾人都收到了自己种的粮食,人人心中都乐滋滋的。贵生和陆女又到河南去了一趟,把当年的烟叶托陆女娘家的生产队卖给了烟厂,因他们没有手续,烟厂不好好收,最终卖出后给人家的生产队付了一部分小钱。

这年每户都分到了几百元的现金,大家腰包一下子鼓起来了。

黑三上高中已两年半了,他学习特别用功,因为他知道他能到这里上高中真是不容易,家里太困难了。他每天都吃最差的饭菜,只要能填饱肚子就行了,哪里还敢奢望吃那上等和中等的饭菜。眼看就到高三了,下半年他就有资格参加大学考试了,他幻想着自己将成为一名大学生。大学毕业后自己就会是一名国家干部,每月拿着工资,自己将会出人头地。正当他还在美梦中的时候,1966年冬"文化大革命"开始了。随着轰轰烈烈的"文化大革命",学校停课闹革命,天天开批判会,批判封、资、修,批邓拓、吴晗、廖沫沙,批

《三家村》《四家店》等。他的美梦一下子破灭了,他悔,他恨,命运为啥这样捉弄一个苦命的孩子。

李家申自从住到山外四方村后,由于他多年来就没有真正干过体力活,总想挣大钱,他与老婆拐子鱼商量着如何能多挣些钱,改变自己的生活。一天他到罗夫火车站赶集,回来在路上看见别人都骑着"飞鸽"自行车,既省力又排场,他思考着自己怎样才能有一辆"飞鸽"或"红旗"自行车。晚上他一夜都没有睡好觉,苦思冥想,夜深了他终于想出了一个奇妙的办法,他很高兴,当下把老婆叫醒,与婆娘在被窝里合计了好久,终于两人定好生财之道,他才高兴地入睡了。

第二天一早,他们早早地起床,拐子鱼穿上一身漂亮衣服,把自己特意打扮了一番,然后又叫了李家申的两个狐朋狗友,他们上路了。在由孟塬到罗夫的柏油路上,三个男人藏在前面的桥洞下,拐子鱼在下面的公路上,坐在路旁专等那骑崭新自行车的人,见了就把人家挡住,哀求人家把自己带一段路。如果有男人看着女人还有些姿色,爱和女人拉扯,就让她坐在车子后面,她抱住那男人的腰,有意向对方投以情波,勾引男人上钩。等走到桥洞旁时,三个男人挡在路上,把车子拦住,李家申上去就是一拳,然后一顿拳脚,嘴里骂道:"你这个流氓,拐骗我老婆,走,把这个流氓扭送到派出所里去。"两个打手唱红脸,装作挡架,要把骑车人交到派出所,那骑车人心慌,又怕事情传出去丢人,就把车子一丢,人先吓跑了,这样一辆车子立马就弄到手了。

一次得手,他们越发大胆了,第二天又采用新手段由拐子鱼上车后抱腰、贴背,双手乱摸引逗男人,有意把那骑车人引到桥下干那勾当。当男的上当与她停下车子,进入桥洞后,李家申把车子一骑飞奔了,等那男人干完事出来到路上,车子早就不见了。而拐子鱼又缠住骑车男人,哭着喊着在演戏,骑车人一时迷恋女色丢了自己新买的车子,真是后悔不已。李家申还与拐子鱼假装给别人找对象,拐子鱼当他的表妹,李家申当媒人,骗取男方的钱。当钱到手

月儿弯弯

后,而李家申就走了,把拐子鱼留在男方家里,等过夜后,男方睡熟了她就偷偷跑了,李家申在约定的地方等着,用这种手段又骗了好多人的钱。

谁知,当李家申正在高兴地做他的骗钱梦时,一位便衣公安人员早已盯住他们多时。在李家申正与一位男的交易时,被公安人员抓个正着,实际那个男的是公安人员安排的。李家申与拐子鱼真是铤而走险,结果锒铛入狱了。

1967年黑三学也上不成了。黑三的一个初中同学李正直就在李家湾所属的永红公社里当文书,黑三常到那里与李正直聊天。他对李家湾队上的事多少也知道些,他佩服黑牛和贵生的做法,他也想让这两个同学为本公社的农民闯出一条新的大道来。

世上没有不透风的墙,谁知一天从县上来了一位干部调查此事,说这是一件严重的政治事件,是两条路线的斗争,是革命与反革命的斗争,一定要把当事人抓捕归案。当李正直知道后,冒着极大的风险偷偷地告诉了黑三。黑三透了风,等上级来到李家湾,黑牛、贵生、陆女已闻风逃跑了。

这时没有当事人,只有仁厚、仁忠被游队批斗了几回也就不了了之。

丑旦又走上了李家湾的政治舞台……

十年后,黑三已成为一名中学民办教师,他终于实现了自己的梦想——教书育人,而且他与柳青相爱了。

贵生和陆女逃跑到河南后在陆女的娘家苦熬了十年,改革开放后他俩在西安药材市场做起了药材生意,今天的龙首药行就是他们的产业。

黑牛自从逃跑以后,在内蒙古一牧民家给人放羊,时间一长主人见黑牛很有能力,又能吃苦,便把女儿娜娜介绍给了他。随后黑牛也与娜娜相爱了,还成了上门女婿。改革开放后他与娜娜成了"牧羊人"农场的大老板。

第二辑

诗 歌

　　诗歌是人心声的凝结，诗歌是作者内心的呐喊。人在心潮澎湃时写诗，才能写得好，更能用诗来抒发内心的感受。诗歌也是人内心痛苦时一种对情绪的宣泄。他笑他哭，他喊他叫，他把泪水流出来，凝结在字里行间，把期望倾吐在波澜起伏的诗句中……

　　读诗是一种美的感受，读诗好像你站在一望无际的草原上放开喉咙的高歌；写诗也好像你站在高高的山巅，对你心中的人深情地呼唤。

　　我想写诗，但不会用精练的语言，只是用笨拙的话语，来表达我的心情，故写了这些不雅致的长短句。这算诗吗？我不能回答自己。（书写于1995～1998年）

　　我从他年的日记中摘抄了一部分用诗来写的日记，悼念我心中朝思暮想的人，我何时能与她携手共进呢？

月儿弯弯

葡萄架下的往事

在我英姿焕发的岁月，
常在那葡萄架下，
与我的青儿如痴如醉地长谈。
那美如诗、情如画的时刻，
至今在我脑际萦回。

我的青儿那年十八岁，
最忘不了的是那一双秋水般的眼睛，
瘦俏的身形，
炽热的心。

每当月亮爬上柳梢，
山乡静的出奇，
我俩坐在那葡萄架下，
乘凉，倾心长谈。
青儿依偎在我的胸前，
我的手抚摸着她的肩，
两颗心在咚咚地跳着，

我为她讲伊甸园的神话，

第二辑·诗歌

我为她低声歌唱动人的歌，
青儿微闭双眼，靠在我的胸前。
我的心飞向那遥远的银河边，
思念鹊桥的神传。
她听我讲述那织女牛郎的故事，
沉迷于婚后美好的生活。

她似梦似醒地想着，
我舍不得松开她那软绵绵的小手。
老婆婆坐在门边，
望着这对孙女孙婿，
心中无限欢畅，
往事也在她的脑海浮现。

每人都有自己热恋的青年……
一串串晶莹透亮的葡萄挂在架上，
一片片翠绿的叶儿层层叠叠，
架下一对心心相印的情侣，
正在如痴如醉。
这样的美好夜晚，
人生能有几何。

七月七日的美好夜晚，
令人遐想，
令人留恋。

月儿弯弯

八月中秋又在眼前，
一串串紫色的葡萄挂满了架上，
青儿顺手摘下一串。
我俩依然坐在架下，
一人一颗又酸又甜，
青儿喂在我的嘴里，
情铸在我的心田。

青儿的情深意浓，
我的爱似海深，
我俩终于在那年冬天，
举行了人生的婚礼。
我爱我的青儿，
青儿对我太好了。
人生的欢乐，
令我神往。
一晃二十多年从我身边溜走，
似梦非梦，
我怀念那日夜的情景，
儿女们坐在你我的怀里，
那摆满秋收的果香，
那甜蜜的时刻，
一去不再复返。
今天，你对我没有要求，
我不必承诺，

然而一切都变成梦幻，

梦幻般的场景使人永恒不忘。

（1996年8月23日 晴天）

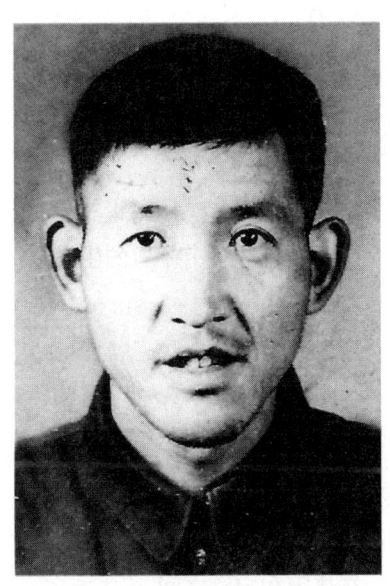

月儿弯弯

我歌颂寂寞

有两种站台,
设置在人生旅途的两侧,
一个是寂寞,
一个是欢乐。
人就是这样一个矛盾的生灵,
热闹时烦恼,
去追求寂静,
寂寞里难忍,
又寻找热闹的生活。

在热闹和寂寞之间,
我来来往往,
五十个岁月耕耘了什么?
收获了什么?
热闹与欢乐,
如生命路上的花朵。
有蝴蝶的舞,
有小鸟的歌,
但就是没有生命的果。

而寂寞，如生活的古化石，

虽然不会有半点儿温热，

但可以垒成向上的梯台，

当生命进行最后的决算，

我才明白，

欢乐和热闹，

原来是没有收成的荒漠。

于是，我歌颂寂寞，

它冷冷的外壳里有温热的血啊。

营养着充实的果，

美好的花朵。

甘于寂寞，

珍惜寂寞吧，

它虽然沉重，

却一步步，

引你走进事业成功的天国。

〔1996年10月1日（农历）小雪（雨夹雪）〕

月儿弯弯

无 题

青儿生前常说她最丢不下我,
你说你走后我有多寂寞,
到底有多累,
有多苦?
你的心里牵挂着我。
我要为我们的心找一个归宿,
你却在途中迷了路,
你给我的痛苦太深重。
我一生只为你一个人活着,
你的快乐才是我永远的满足,
我一生只为一个人付出,
谁让我爱上你的全部。

(1996年10月15日 小雨夹雪)

忆冬

今天是你的祭日，
雪花刚刚停止，
我悄悄地把你身上的积雪扫净，
我知道你最怕冷，
以前总是我给你温热。
你已走了，
而我，
只能坐在梁头的雪坎上。
惜日共同劳作的田间地头，
在这里我们洒下多少汗和泪，
在这里咱们共享着丰收的喜悦。
今日我一个人，
孤独地注视着丘壑。
用含泪的目光把祝福写进你的航线，
你走了，只剩下云蒙山一般的忧郁，
起伏的丘雪一浪一浪地拍打着我的心，
在这沉重地拍打中，
所有的雪花都碎了，
唯有藏在心中的那个梦，
还有苦涩的微笑，

月儿弯弯

那苦涩永远,

那微笑永远。

当你驾着你的航船,

在我的视线中消失的时候,

我忽地感到难言的苦楚,

你把最深的痛苦留给了我,

你抛给我的一枚苦果太生硬苦涩,

我无法咽下肚去,

我流着辛酸的泪。

现在,

我孤独地坐在冰冷的雪地上,

而你在天国心情如何?

三个孩子你交给了我,

我把他们抚养成人,

实现你的夙愿。

（1996年11月7日 雪）

我的幻想

远得无声也近得无声，
闭眼近，睁眼远，
邃邃苍穹，
你俯下身来，
亲吻了我的脸庞，
亲吻了我含满泪水的心脏。

含满泪水的心，
颤抖着告诉你，
我永恒地期待，
一个被风化的愿望，
我只想挽起你的手臂，
自由地去天国，
敲开那一扇巨大的蔚蓝色的门。

可是，
你只是吻了我一下，
便跑了，
跑去不知道的地方，
隐隐地诱惑着我，

月儿弯弯

刺激我因妄想而生的无限忧郁。
然后,
你快乐地笑了,
我忽然感到了你的残酷,
你的吻的残酷,
使我藏满泪水和妄想的心,
结冰了。
在结冰的日子里,
我发现了你爱情中的仇恨,
于是我只愿,
这片美丽的枫叶早些凋落,
好有冬,
好有春,
好有你笑你哭的绿荫,
你吻了我一下,
就跑了,
我渴望,
然而我怕,
你的亲吻。

（1996年12月7日 阴）

第二辑·诗歌

支撑我灵魂的山菊花

无论走到哪里,
山菊花都会映入我的眼帘。
站在王塬的梁头上,
东边是流淌着透明的洛水,
西边是横卧着缓缓的山峦。
山巅悬挂着一轮皎月,
也和山菊一样,
洁白而且无瑕。

我将双手握在胸口,
一步一步缓缓向前,
说不清是什么机遇,
记不得与你多少次并坐山巅。
总而言之,
支撑我灵魂的人啊,
曾和我走过这条道路,
这条道路遥遥无边。
我已无从知晓,
自己身在何处。
黄昏已落下帷幕,

月儿弯弯

    无论高山还是河川，
    无一不被薄暮吞咽。
    只有那山菊花，
    白色一片，
    无边。

          （1996年深秋日暮）

第三辑
散文、随笔

这卷整理了我写的一部分日记、游记，它是我生活的轨迹，反映了我一定时期的心理活动，可能也有些不足之处，望后人指正。

月儿弯弯

走向讲台

度过了顽皮的童年,告别了小猫钓鱼的童话,我终于走出了雨季,走向了这片神秘的黑土地。我深潜在黑色的泥土里,让知识的白色幼芽生长在青春浪漫的季节。

我曾经徜徉在花团锦簇的大街上,却并没有被五光十色的诱惑卷走。我曾经走过灯光闪烁的咖啡屋,却并未被飘飘荡荡的甜风醉倒。我背着我的行囊,背着先辈的象形文字和嘱托,目不斜视地向属于我的驿站,属于我的讲台走去。

走向讲台哟,这段路程好艰险、好坎坷、好曲折、好寂寞、好苦涩。

那秉灯夜读的煎熬,常常让人忆起卧薪尝胆的典故;为人师表的严谨,常常让人品味孔夫子的诲人不倦;展现风采的舞台,常常让人模拟歌星的潇洒和浪漫……那园丁的雕像、那人梯的高度、那红烛的火焰、那春风的柔情等等,都组合成粉笔人生的蒙太奇,都紧紧地吸引着我迈向讲台的脚步,都照亮了我走向讲台的道路。

啊,走向讲台,是我向青春进发的第一步,是走向人生的演讲台,是走向几十双目光的聚集点,是走向希望工程的"开发区"。

当我第一次面对属于我昨天的记忆——祖国的未来,我的心里忐忑不安,手心出汗,我不就是从最后一排课桌出发的吗?历经了多少个寒暑的跋涉、攀登,才走进这教书育人的风景线。我读一畦畦苗圃中的嫩芽,是读一部冰心老人的新作,是看一部刚刚开头的电视连续剧。贫瘠的黄土地多么需要文化的营养滋补,愚昧的黑幔多么需要智慧的利刃割断,财富的宝库多么需要知识的金钥匙打开，通向文明彼岸的大桥多么需要科学巨手建造。

我重读这讲台上斑驳的记忆，这儿曾有一段荒芜的情节，这儿曾有过出类拔萃的人才系列。属于我肩上的负荷和承诺，是培养了未来的华罗庚、李四光、钱三强和陈景润，也是一个火红火红的21世纪。

啊，走向讲台，在九月亮丽的阳光下，我感受到阳光的爱抚和大地的信任。教师，是阳光下最渺小而又最伟大、最平庸而又最神圣、最贫穷而又最富有的职业。我毕竟站在希望簇拥的位置上，我便拥有了无限的希望；我毕竟是融化在天真烂漫的岁月里，我永远充满青春的活力；我毕竟是泅渡在知识的海洋里，我这一生最为充实、富有。

啊，走向讲台，是走向人生的舞台，我主演一段青春的角色，同时我也导演着祖国辉煌灿烂的未来。

（1983年9月10日 晴）

月儿弯弯

思 念

  今天,我来到了学校,我已有一年多没有来学校了。这一年多来,我整日因为我心中的人劳累奔波,我的青儿,也是我的精神支柱,我爱她爱得比生命还要贵重,她是我和孩子们心中的女神。从与她结识到今年11月7日,我们共同度过的25个春秋,是她与我同舟共济,创建了这个温馨的家庭。我无论走到哪里,心中都觉得我有一个贤淑的妻子。我从来没有对青儿有过过头的语言。

  在盛夏中,青儿的病很重,全身肿得特别厉害,我已感到情况的危急。青儿也觉得她可能熬不了多长时间,在农历七月二十三日,就是我与大儿王亮到党沟为她求一种中药的那天(我记不大准),晚上我与她住在永丰医院,她把心中的话都给我说了,我们的泪水把枕头都流湿了,她和我一整晚未合眼,这一夜我终生难忘,她把后事都交代给我。我难忘的夜晚啊!

〔1995年11月20日(农历) 晴〕

祭 奠

今天是您的祭日，我早早地准备好火纸，坐在您的坟前一张一张地烧着，让它带去我的思念，让它诉说我心中的千言万语。

我是一只断线的风筝，随风飘浮；我是一叶孤舟，在汪洋大海中行驶，不知哪儿是停泊的港湾；我是黄昏的一只大雁，发出凄惨的鸣唤，寻觅着失散的伴侣，不知在何处栖身。

风儿轻轻地吹，花儿默默地开放，月光柔柔地洒向您的身上，您却香甜地睡着了。您睡得好安详，您眠得好舒服，谁也不忍心打扰您，让您睡个够，您太累了。

然而您可知道，您曾记否，有个人的心被您抱去了，您何时才能送还与他？

（1995年11月28日 晴）

月儿弯弯

书 信

今天接到了亮儿的书信，我的心情顿时轻松了许多。孩子的知心言语，打动了我的心，我的儿终于长大成人了。我觉得很有必要把信抄下来，永远保存。

爸爸：近来好吗？

很抱歉，工作的事没有和您商量我就私自确定下来了。正月十七，我到了咸阳，后来就去了铁二十局。当时我的心里很矛盾，在协议书签定时，我给您打了电话，但没通。当时我想，在许多重要时刻，我总是无法抉择，总是被一种说不出的力量所驱使。当我在一式五份的协议上签上熟悉的名字时，我不知是幸福还是悲伤；当我走出高大的办公楼后，我的眼泪流下来了，我不知是欢笑还是痛苦。晚上睡在临潼的窑洞里，听风一阵阵掠过，我竟不知是醒着还是在梦里。直到第二天，我使劲拍拍头，告诉自己，一切都已结束，一切都将开始……

正月十七是我的生日，我能将它毫无保留铭记在心府，这天我在期盼和焦虑中奔波，而这一天又使我耿耿于怀，因为它总使我想起一个人。爸，我知道我们需要时间来抚平我们的创伤，在很短的时间里我们是欺骗不了自己的，我们的感情无落脚点，我们任由自己的情绪膨胀，甚至无法欢笑和哭泣。我们在往事里活着，一遍又一遍，我们把自己抛出了现实生活，我们甚至把痛苦作为一种幸福、一种表达工具、一种山盟海誓的承诺。可这些到底能给我们本身带来什么？又能给逝者带来什么？爸，我们应该重新平衡我们的感情。这么多年来，我们总以理想为借口，而忽略了我们最需要的东西。爸，您知道我们爱你胜过一切,如果您一直闷闷不乐,燕子在你身边,不知又要偷偷掉多少眼泪。爸,您转眼也快50岁了,知天命之年,该明了世上许多事太无奈,想想少年时你的愿望,还有哪些未能实现,现在试着开始怎么样?或者将身心投入工作,想想哪些法子能改变您的工作状态,更好地体现效率。还有青年时的朋友、好多年未走动的故人,借双休日走走。爸,我的有些想法也许很可笑,但目的无非是想让你尽快摆脱失落。

爸,您没事时应该多给小勇写信,他的状态很差,我真不知怎么安慰他,只能静静地等待他重新振作。

我们现在所在地是山东济宁,每天吃着山东大葱、大饼或锅贴、火烧等小吃,或穿着僵硬的工作服趴在漆黑的撑子面上。我的心中总有一股说不出的感动,我在告诉自己,没有什么能破坏我的好心情,任何人、任何事都不能。

敬礼,工作顺利。(亮1996年4月11日于济宁)

(记于1996年4月23日 晴)

月儿弯弯

追 忆

今天是4月7日，我怎能忘记这个"七"字。从去年11月7日到今天整整五个月，150天。"七"日呀"七"日，我一想起这"七"字，就自然勾起我的回忆，我的温柔的妻、贤能的妻，她从那天熟睡后，就一直那样安详地睡着了。她睡得太香甜了，可能她太劳累了，让她睡吧，睡吧。睡着了会把一切痛苦都忘记，世态的炎凉、他人的眉高眼低，特别是她那痛苦都会忘记。

昨晚我特意去化了些纸。我跪在她的墓前，她睡在万花丛中，她睡在碧绿的草地中，她睡在松柏荫下，她睡得安详，永远地睡着了。

我亲切地呼唤她，我轻轻地抚摸她，我蹲在她的"床前"双手捧起一抔黄黄的松土，我的泪滴在她那黄色的"被褥"上，泪水使我的视线模糊了。我使劲闭住双眼，静静地蹲在那儿，我不愿起来，我轻声呼唤着青儿呀，我日夜思念的青儿，我想念你呀，我想你。世上一切对我都无所谓了，然而你使我痛苦，你使我忧伤、苦恼，你可知道我坐在你身边，我不想离开你。

夜静得很，我想起去年的春天，我扶着你，我们从西安的医院回来，我的心是多么舒畅。我曾幻想我完成了人生事业的壮举，我把你从另一条线上拉了回来。我的心血没有白费，我的钱没有白花，两万多元呀，不是个小数目，但我觉得它与你相比它小得可怜，而换得了你却大得无比。我与人一样了，我是一个情意深重的知己、一个好丈夫。

我也永远不会忘记在那最后一天的晚上，我一直抱着你，一直到天亮。那吊针一直把液体输入你的血管，直到你的双臂都起了疙瘩，药水不走了，你枕在我的臂上，你的双眼痴痴地望着我，我的泪滴在你的脸上，淌到你的胸前……我记得很清,我不会忘记。谁知那是最后的别离,而你长眠了,你长眠了。

你把痛苦留给了我,你可知道这150天,我是怎样度过的?我在饮泪中度过,我在默唤中度过,我和孩子在极度的苦难中度过。这多么漫长,多么难熬呀!

你为什么这样?我不能回答。

〔1996年4月7日 (农历) 晴〕

月儿弯弯

甜蜜的梦

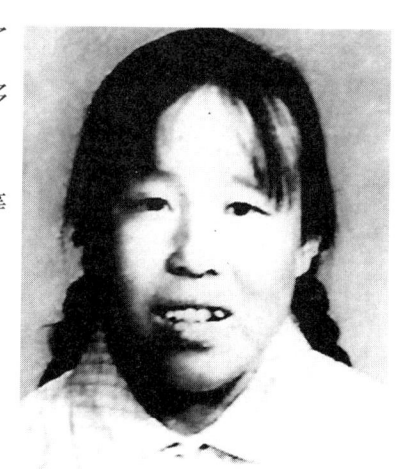

现在几点钟?7点40分。我真的只睡了半个小时,可……我,我怎么像是过了许多年呢?

呵呵,多亏这是个梦。不然,我……等等,让我的心情先平静一下,给我一杯茶!咖啡?哦,也好,别放糖。

我胸口堵得难受。

梦又开始了,我进入了梦乡……

哦,对了,是那天晚上,月近中秋,天刚黑,我自个去了。找谁?青儿。她很漂亮,苗条的身段,一头美丽的黑发,一双大而亮的眼睛,她有一种亭亭玉立的姿态,我的心中的人。

我喜欢她,我一看见她的眼睛,一听到她那好听的银铃般的声音,心就咚咚直跳。

她是个读书很少,但很懂事的少女。父亲早年不幸去世,母亲改嫁,只有婆婆一人和她相依为命。

我第一次见她是在1969年的8月,那时我二十三岁,高中毕业不久。我大胆地跨进她的家门,在她家我们谈了很久,从此她占据了我的心。每当我见到她,我们的话就说不完。我们俩坐在门槛上,紧紧相依着,她为我理着头发。哦,我想起来了,她为我拔下几根白发,不知为啥,那时头上竟有几根白发。

我们俩手拉着手,在小山头上玩耍,她像孩子般地牵着我的手,生怕我跑掉似的。我俩在山坡上蹦呀、跳呀,像两只小鹿一样欢快。山下溪水潺潺地流淌,清得可爱,我俩挽着手下了沟,踏着溪边的碎石,漫步在溪边。

好一个幽静的夜晚,多么美的月色。

她牵着我的手走到了溪水的转弯处,夜那么静,仿佛世界上只有我们两个。

她要我唱支歌,我就大胆地放开嗓子唱起来:

月亮在我面前徜徉,

透进了爱的光芒。

我低头暗自猜想,

摸不透她的心肠。

好像今夜的月光一样,

忽明忽暗又忽亮。

啊,月光,

月光。

月夜情境像梦一样,

那甜梦怎能相忘,

细语犹在耳边荡漾,

怎不叫人回想,

我怕见那月亮光,

抬头忙把远山望,

啊,

我心儿醉、心儿慌……

啊,月光,

月光。

月儿弯弯

我望着那浩瀚无限的星空,望着那遍地流淌的月光,心中充满了幸福感。

我的手搭在她肩上,在她耳畔细语:"青儿,我爱你。"

她甜蜜地笑笑,双手勾住我的脖子,踮起脚跟,闭着眼,我给了她一个吻,她静静地享受着这甜蜜的爱。

她小声细语地吐出几个字:"我也爱你。"我惊喜地睁大眼睛,我看到她的脸红红的,有羞涩感。

那声音不断地在我耳边回响:"我也爱你。"那声音像是来自地幔深处的摇撼;像是唤醒那经过了长久的冬眠,尚且睡眼蒙眬的萧索万木的春风;像是那簌簌洒落的三月里的小雨。

我觉得我一生最幸福的时刻降临了。

我俩在溪边那柔软的沙滩上坐了很久、很久,彼此都没有说话,仿佛语言是多余的,此时无声胜有声,真的,一点不假。

那是一个灼热的夜,沉醉的夜。

我们终于结婚了。

她知道,我的怀抱,应当是她最终的归宿,那是她停泊、抛锚的港湾,她是为了我而降生到这个世界的。

她爱我,非常爱我,我用一百倍、一千倍的爱回报她对我的爱。

1970年的10月22日,是我们大喜的日子,她那时还不满19岁,因为她是10月24日的生日。

人生在这个时候似乎突然发生了质变,一夜之间,一切都变了样,从此,我有了妻子,我也成了妻子的丈夫。

我们甜蜜,又快活……

当她进入我生活的时候,也正是我进入她生活的时候。我和她像是被强大的磁场所扭曲了。在这样的磁场里,连光线都会拐弯儿,真像爱因斯坦的《相对论》那样。

她的一切都那么可爱，在我的眼里，连她那颗多余的牙齿，也显得那么好看。（后来在1982年终于拔掉了，我猜想这次拔牙是她生病的一个重要方面，很可能传染了乙肝，但我没有根据，只觉得到第二年她病了。）

我爱她，她的长处像那闪闪发光的金子，她的短处不过像一根脱落的头发。

是的，我更爱她。她在我的眼里是最美的天使、爱的女神，她的一切，是幸福、爱情和美好的象征。

而我在她的眼里，就像一块烧红了的钢板，柔软得像一块蜡，服帖得像一团面，炽热得像一堆火。

随着教育事业的发展，教师资源缺乏。所以在婚后的第二年，我幸运地跨进了教育行列，成为一名中学民办教师……

而后我们有了三个孩子，一个幸福美满的家庭……

25年，25年的梦终于醒了，然而25年里，往事一桩桩、一件件，令人神往，催人遐想。

（1996年3月2日 阴）

月儿弯弯

孤 独

多日来,天气一直干旱着,谁能想到天遂人愿,从中午开始天阴了,现在下起雨夹雪,这及时雨下得人心情舒畅多了,人们的愁思顿时解开了。我一个人坐在床头,听着外面淅淅沥沥的雨声,心里有难以言喻的畅快。我种的麦子有了这场及时雨,再也不愁无苗了,这关系着来年能否填饱肚皮,是全家人生计攸关的大事。

我打开自己忠实的伴侣——电视机,它正播放着"尖庄杯"秦腔比赛。为了消除寂寞、孤独,我任它唱呀唱,然而我的心并不在电视里的节目精彩与否,只是为了消除那难忍的寂寞。我想说话,但没人听;我想高喊几声,又怕邻居把我当成精神失常;我想笑,但无论如何也笑不起来;我想哭,而泪水已流干。喜怒哀乐,反复无常。

我只有提起笔,倾吐我的心声。我总思念着勇儿的来信,但始终没有收到,我不知该怎么办,心里很不痛快。我想孩子是不是没有钱花了,而我手头又没有钱,我该怎么办呢?

听蕾蕾来信说,勇儿正在实习,每天早出晚归,并说勇儿前段时间感冒,正喝着药。我担心孩子的身体,我恨自己的无能,我睡在冰冷的炕头,泪水从双眼直往下淌,枕头湿了一大片,我思念儿子的心太迫切了。

我的小儿勇勇是个性格倔强的人,他总是不给我说自己的困难,特别是近两个月来,小勇为啥老不给我写信?我天天都想明天一定有信来,我想……

(1997年11月15日 晴转阴 晚下雨夹雪)

生 日

今天是农历十月二十四日,这个难忘的日子,它铭记在我的心中,我是时刻记在心中的。25年来,每年在这天晚上我们全家人都聚在这间温馨的陋室,小小的庆祝一番吃着糖果或其他美味佳肴,因为这天是你的生日。我爱我的青儿,每年这一天孩子们都要为亲爱的妈妈送件小小的礼物,好让自己的妈妈开心,使她愉快地度过自己的生日。

今天她离我们而去了,女儿王燕前几天就给我写信,让我替她们到母亲的坟前化些纸钱,以表她们那深深的思念之情。

我清早起来,早早地买好厚厚一叠纸,我一个人迈着沉重的步伐来到你的坟前。我点着了纸,一张张慢慢地烧着,心中祈祷着。我亲爱的青,你可曾知道,我带着孩子们的一颗心来看你了。你的三个孩子都在很远的地方向你衷心地祈祷。你的女儿今年已上大学——承德石油学院,你的大儿已在铁路上工作,小儿明年就毕业了,请你放心吧。你的亲人向你吐诉衷肠,我今天一切都好,孩子们都好,望你放心地去吧,你含辛茹苦养育了孩子,你的功绩高如泰山,你的恩情深如海洋。

纸一张张烧着,泪一滴一滴往下淌着,那知心的话语一遍一遍地倾吐着,我在你的坟前站了许久许久,我不想离开你,因为只有你才是我的精神支柱。

早上我照样给你盛了一碗饭,我觉得你和我在一起吃饭,我们又欢聚在一起……

(1997年11月23日)

月儿弯弯

海南之行

我一生最向往到祖国的最南端旅游一次。这个梦想由来已久,只是生活所迫,经济不宽裕,也因为工作繁忙,挤不出一点空闲,故从风华正茂等到两鬓斑白,一直没有实现这个梦想,只是少年时从书本知道关于海南的片言只字罢了。

今年,在我解甲归田之年,有幸到了海南一次。海南之行使我回味无穷,使我实现了多年夙愿,使我的眼界开阔了。我忘不了南国的旖旎风光,忘不了南国人的热情与好客,更领略了祖国幅员广阔、胜景迷人!啊,我可爱的祖国,我爱你!伟大的祖国,我为你骄傲!美丽富饶的海南,你令人神往,你吸引着祖国的千万儿女,他们以极大的热情投入到你的怀抱,他们为你的明天而奋斗,他们把毕生精力献给你!

在今年3月28日凌晨,我们三人迎着灿烂的阳光,披着暖意浓浓的春风,登上了去海南的航班。这次航班于早上8点45分出发,由西安飞向凤凰机场,共计载客500多人,12点钟抵达目的地……

海南省是一个以旅游业为主导产业的省份,无工业污染。这里空气清新,四季常绿,风景宜人。我们这次旅游的海南省三亚市,古称"三丫",是三个丫头之意,后用它的谐音——三亚。从地形看,所谓三亚,就是像人的三个指头,大拇指、食指和小拇指,三个自由张开,由两条河(一条叫"临春河"、一条叫"三亚河")把它分成不均等的三块,故叫三亚。三亚市区南北狭长约五公里,东西则更近些,本地人口只有六万多人。

海南的树木——椰子树(又称"岛树"),在海南随处可见,故称男人树,含主导之意。椰子劈开可饮汁水,当然椰肉也可以吃,有绿、红、金、银椰子,都以椰子的颜色而命名。椰子树八年挂果,一年四季都在结果,同一棵树上有成熟的椰子,也有正在成长的椰子,还有刚刚从花蕾中长出来的绿莹莹的小果子。树干光溜溜地,笔直挺拔,有30多米高。人常说海南人爬树比猴快,是指男人上树摘椰子,海南好多地方还举行男人爬椰树比赛呢。

海南的油棕树,是海南的一大树种,在山坡上、河道旁、公路边,随处可见。它的树皮可做棕箱,果实又能榨取极好的食用油。

海南的第三种岛树,人称槟榔树,果实甜味中略带些麻,我亲口尝过,很好吃,它有提神作用,又可做牙膏。果实一串200~300颗,颜色深红,像北方的葡萄一样,一串串地挂在树上。树干笔直,直冲云霄,没有一点旁枝,只有一个树尖,树身一圈圈呈银灰色。在海南有一种说法:姑娘像老太,老太像妖怪,这种说法比喻女人爱嚼槟榔,张开嘴,血红血红的,就像吃人的妖怪。

还有榕树,也叫"千年吊石"树,树枝上满是吊下来的根,千丝万缕,很像冬天的冰溜子,一直吊到树下,缠绕着岩石,可把树下的岩石抱住吊起来。其他树种也特别多,如芒果树、木瓜树……可入药的树、花、草也多达160多种,有沉香、降香、檀香……

海南自古是荒凉之地,人烟稀少,开化较晚,是祖国的边陲,在古代人称岭南。凡到那里做客的人要走半年甚至七八个月才能到达,沿路劳累,苦不堪言,所以凡是去海南的客人多客死他乡,只有两个人从海南回到朝廷,一个是岳飞的老师李刚,原在海南笔架山带发修行,后朝廷召回,官复原职;另一个是苏轼,先贬在海南任职多年,后被朝廷召回。苏轼当时属于保守派,在王安石变法中,他持反对态度。传说宰相王安石写过一首诗,句中有一句"黄牛黄牛卧花心"。苏轼读后认为王宰相胡说,牛怎么能够卧在花心中,于是提笔改正成"卧花荫"。王安石知道是苏轼改的,就把他贬到岭南做地方官。苏轼才能在岭南执政,手到擒来。无事时就到坡上转悠,听到那里的孩子也喊着"黄

月儿弯弯

牛黄牛卧花心"的话，他随口问孩子们黄牛在哪里，小孩随即手指那一朵花叫他看，原来是一种昆虫，叫黄牛，像萤火虫大小，这时苏轼恍然大悟。

在初中课本里有杨朔写的《荔枝蜜》一文，其中记述的是海南的荔枝。苏轼有首诗："罗浮山下四时春，卢橘杨梅次第新。日啖荔枝三百颗，不辞长做岭南人。"而他诗中也有写错的地方，当时属于广东省，广东人说话蛮得很，本说："日啖荔枝三把火"，而苏轼却听成了"三百颗"，实际上人一天是吃不了那么多荔枝的。（多吃荔枝是会上火，一人一天只能吃三四颗，否则要喝绿茶才能泻火，不然嗓子会痛，故称"三把火"）

海南的地形是中间高四周低以琼州海峡为界与大陆隔开。在海南还有五指山以及万金河的温泉资源。

海南的民族，除汉族外，还有苗族、黎族等少数民族。如苗族人把"你好"叫"摸顶"，黎族人把"你好"叫"摸灯"。

以上这些都是我对海南的总的印象，仅是粗略的记忆，有些说得不一定准确，敬请后人原谅古稀之人的孤陋寡闻。

以下是我的旅游日记：

3月29日 晴 18℃~23℃

早上8点，我们38位古稀老人乘着大巴车由三亚市出发直达"呀诺达"热带雨林文化旅游区。"呀诺达"是黎族语言"一二三"，发展到今天演变成了汉语中的"你好"，当地每个人见面总是要喊"呀诺达"来表达感情。这里林木茂密，高山流水，生长着我们北方人很少见的千百种树木花草。最有名的是橡胶树，又称"千刀万剐"树，是出产橡胶的。第一天傍晚把树外皮和韧皮割开一个个小口子，用小桶接在口子的下面，晚上会流出白色胶状的物质，第二天清晨就要收橡胶，而且必须在太阳出来前收割完毕，不然橡胶一见到太阳就变成黑色。半夜起来，赶到山上收胶，看来割橡胶也是一种苦活。

兰花是非常好看的一种热带花，像马兰花，但嗅起来特别香。绿人蕉和芭蕉很像,但比芭蕉高大得多,树干是扁圆形,如果砍断树干,可流出好多汁液,可供几个人喝。"见血封喉"树,树干粗壮高大,枝与干呈90°生长。这种树有剧毒,如果人的伤口接触到这种树,毒汁很可能从伤口进入体内,会出现败血症的症状,故起这么怪的名字。"铁树开花",据说这种树,60年开一次花,我们有幸看到一颗,正开着花,花呈纺锤形,高约50厘米,粗有碗口大小(吃饭的陶瓷碗),上尖下粗,花呈黄绿色。榕树(前面提到过),枝上开花树,不见叶,杆横向生长,像杠子,枝上开白色小花,也是人打麻将说的"杠上开花"。以上这些都是在北方不曾见到的。

这里是中国唯一地处北纬18°的热带雨林,是海南五大热带雨林精品的浓缩,堪称中国钻石级热带雨林景区。

饭后我们来到又一名胜景区——西岛。西岛位于三亚核心,距离市区仅8海里,与东岛毗连东西两岛合称"波浮双玳",自古便是三亚的一道胜景,一直以罕见的珊瑚岛屿、秀美的山体、清澈的海水和松软的沙滩而令人神往。作为北方人第一次乘坐快艇,飞向西岛,那深蓝的海水、汹涌的波涛,使快艇一会儿直冲向上,又快速飞落下来,浪花溅得我们满身,艇上的人大声呼叫,那种感受真是令人叫绝,快艇多么像一条大鱼,驮着我们在碧波中直蹿……

西岛有着美丽的珊瑚礁、茂密的椰林,还有渔村、崖壁、岩洞、山体等多样盛景,游人进入西岛,真是世外桃源的感觉。

(2015年清明节书)

月儿弯弯

神奇的天涯海角

天涯海角位于三亚的东南角。

站在崖上向东向南望去，蔚蓝色的天空、深蓝的海水，一望无际，真是海天一色，使人眼界十分开阔。站在崖上我想起作家雨果有句名言："大海浩瀚宽阔，比大海宽阔的是天空，比天空宽阔的是胸怀。"这是至理名言，多么伟大的文学家呀！

天涯海角的含义就是天的边缘、海的尽头。今天人们在那里看到海边有两块比房子还大的岩石耸立在海边，一个上边刻着"天涯"两个大字，天涯石高10.8米，周长约66米，依山傍海的"天涯石"圆中见方，方中呈圆，四平八稳，独占海湾一角。巨石上刻着的"天涯"二字，为清雍正五年丁未（1727年）州知州程哲所题。海角石像一个女人半躺在那里，紧紧依偎在天涯石旁边，没有天涯石高，但她头仰起，仿佛专注地望着天涯石，在上面有"海角"二字，但字较小。

"天涯石"已成为中华民族的"天涯文化情结"，特定物化载体，寄托着古往今来人们的丰富文化情感。"天涯石"下方另有"海阔天空"四个隶书大字，激起人们"海阔凭鱼跃，天高任鸟飞"的雄心壮志，诠释着天涯海角的意境和人们的美好向往。

在"海角石"旁边有一组高耸的岩石，高峻雄奇，顶天立地，恰是天造地设的铜墙铁壁矗立在南海海边，正如江泽民总书记2000年12月22日第三次来天涯海角的题词："任他风起云涌，我自岿然不动"。在最高尖石上题刻的"海角"与"天涯"二字遥相呼应，构成完整的天涯海角。据考证，"海角"二字为民国时期坚守琼崖抗击日寇的国民党将军王毅于1938年题刻的。

游人到"天涯海角"都在"天涯石"前照个相,不在"海角石"边照相,这里的奥妙我不说你是能猜出来的……(忌讳)

为什么要称赞这里为天荒地老不变的爱情圣地呢?相传很早以前有两个年轻男女相爱了,但在封建社会里,男女不能私订终身,必须遵循着"父母之命,媒妁之言"。因此他们俩就决定私奔,但家人知道了,就派家丁几十人在后面追赶,直追到这里,逃跑的一对一看前有大海、后有追兵,无法再逃跑了,就双双跳入大海,后变成了两块大石头,立在海边,永远没有分开。当然这只是神话而已,但它象征着人们对自由的向往,对爱情的专注,故称爱情圣地。

我们日常说的"追你追到天涯海角,爱你爱到海枯石烂"就是从这里来的。

在这里还有一块巨石上刻着"南天一柱",像一根柱子立在海边。在海边还有一个八卦图,中间镶着一个碗口大的水晶石,据说这个水晶值100多万元人民币,它有辟邪镇地的作用。

晚上我们又观看了《三亚天古情》的歌舞演出,主要表现三亚从古到今的风土文化、社会变迁、人们的向往、历史的发展,它分为四部分展示给游人:《古今穿越巡游》《洗妇人练兵》《穿越快闪》《上刀山下火海》,故事曲折动人,演技高超,为了节省笔墨,不一一赘述。

3月30日 晴 18℃~25℃

30日早,我们7:30就出发了,目的地是椰田古寨,观看海南苗族原生态的生活场景。这里有古老的文化,奇特的风光,椰风飘香,还有神秘傩盅,小锤叮当等有趣的胜景。苗族是我国人数不多的少数民族,他们至今还是母系氏族,就是女人当家,男人长到20岁后"嫁到"女人家,谁家如果生了男孩子就叫"赔钱货",而全家人一点也高兴不起来,走路都低着头,好像低人三等。

月儿弯弯

生了女孩子全家高兴欢呼,因为女孩子是"赚钱货"。

尊贵的女人在苗族家庭是贵妇人,她们穿金戴银,身上的衣服有的价值几万元,头上的首饰相当华丽雅致。我们见到有十多位老人,都85岁以上,脸上身上全是文身,飞龙走凤,脚是三寸金莲,至今还在织手工布,直到下午5点才下班,天天如此,令我十分惊叹。在北方或者其他地区80岁以上的老人根本很少有这个能力。她们向游客用自己的语言"摸顶、摸顶"地打招呼。

所谓神秘的傩蛊,"傩"旧指驱逐瘟疫的迎神赛会;"蛊"是指把许多毒虫放在器皿里,使之互相吞食,最后剩下不死的毒虫叫"蛊"。女孩子长到十三四岁后,便用这种"蛊"炮制成几种药,如"爱情蛊""健康蛊"等几种,在新婚之夜趁男的不注意,把这种药放在茶中让男的喝下去,如果男的在婚后出轨,不忠于自己的老婆,他全身就会奇痒红肿,女方不原谅他,他就有生命危险;如女方原谅男子给了解药,一喝就没事了,二人重归于好。这种叫"爱情蛊"。还有一种叫"健康蛊",是女方制成一种对身体有好处的毒药,一喝就能消去身上的毒素。

女人手上有带两个镯子的,有带三个镯子的,第一个叫成长镯(我记不准,意思是父母送给的);第二个叫爱情镯,是婚后丈夫送的;第三个叫健康镯,是儿女们成家后送给父母的。一般怀孕的妇女都系一根银裤带,据说是专为婴儿消除毒素用的,较宽且长一些。苗语妻子对丈夫的称呼是"老乖",不称老公或爱人。

深厚的银器文化———锤定音。三亚有很丰富的银矿,盛产银子,因此千百年来这里的人银器造诣很高,都用手工做成,也特别精致,驰名中外。家家都有银筷子、银碗、银叉、银勺、银镯……

苗寨的房子也很奇特,家家都是小小的竹楼,分上下两层,上面住人,下面放东西。卧室布置得清洁雅致,脚下是木地板,四周是木墙壁,不用一点泥土,顶部是用茅草遮雨的。

苗寨人生活很清贫，日常以素食为主。例如青菜用水煮一下，加点调料就可以吃了。这里的人生活清淡，空气也无污染，氧离子特别丰富，森林植被覆盖率达60%以上，气温在18℃~28℃，四季如春。每年水稻、玉米都是三熟，热带水果特别丰富，真是世间仙境，令人神往。

另外一个游览景点是凤凰岭，我们是坐缆车去的。这里是北纬18°度的分界线，站在岭上，三亚美景一览无余。人们站在岭头可360°地观赏三亚全貌。我们绕山转了一圈，岭上奇花奇树怪石，令人目不暇接。晚上灯火炫丽，直照三亚。

月儿弯弯

难忘的分界洲岛

分界洲岛乘船过去，约要半个钟头。分界是指地域的分界、民族的分界（黎、苗）、气候的分界（热带与亚热带）。岛上装饰着各种美丽的贝壳。这里四周海水清澈透明，是世界上为数不多的唯一没有礁石或鹅卵石混杂的海岛，是国内最佳的潜水基地，人们可以体验游乐的刺激与精彩。可惜我年龄太大了，超过了60岁，人家不让我潜水，我甚遗憾。看不到水下那美丽的珊瑚礁，不能与海中的各种鱼类共舞，真令人遗憾。我劝告青年人，机会不容错过。我从小就喜欢游泳，每天在洛河尽情游泳，家中从不管束，故学会了游泳。当然也喝过不少水，被水淹过，有幸逃脱，也救过别的伙伴，长大后也曾多次在本县的几个大水库游泳过，如古楼河水库、新岳水库。我感谢我的洛南中学体育老师曾培全，是他在"文革"中带我们到洛河游泳，提高了我的游泳技巧。蛙泳、仰泳、立泳我都会一点，但与海边的人相比，那真是望尘莫及。我从职后四十多年来未曾下过水，也担心孩子们下水有危险，故管得严，今天回想起来真后悔，没有给孩子们应有的空间，觉得对不起孩子们。

3月30日 晴

在下午1:00—4:00，是我们活动的时间，我在水中游了一个多小时。海水浮力比淡水大得多。我先是蛙泳，但海浪很大，一个浪头袭过来，海水溅我一嘴，那苦咸味、海腥味真叫人难受，根本无法下咽。后来我就立泳，水只淹到我的脖子，这样少喝水，我来回游了好几次。

最有趣的是仰泳，人睡在海面上，张开四肢，慢慢划动，随着海浪，一起一伏，真是惬意。这时我觉得一生中能在海中游泳一次，是人生最大的幸福，我感谢上苍给了我这次机会，我也体会到孩子们对我这次出行给予的热情鼓励与支持。难忘呀，我的水上之游！难忘呀，海南之行！我想人就是要有勇气，像我古稀之人能下海真是少有。

离开分界洲岛，我们乘坐亚洲最长的跨海跨山索道，用了40分钟前往"南湾猴岛"，俯瞰水上人家的生活居住地。这些水上人家他们过去是广东、广西、福建一带的水上居民，以船为家，从事渔业生产。海南的花果山有几千只猴子，是全国也是世界上唯一的岛屿型猕猴自然保护区，这里的猴子随处可见。有猴子仪仗队，打着彩旗，迎接游人；还有猴技表演，如猴子、山羊走铁绳，猴子站在羊角上，也有猴子走高跷、骑车子……

晚餐后，我们又看到了红艺人的特色表演，整个会场有泰国美女表演歌舞，让你领略东南亚特色表演；还有人妖表演，男人进行变性手术后变成美妙无比的女人，那歌喉婉转悠扬，那舞姿楚楚动人，我简直不敢相信。据说此人已变性七年，原是四川人，现加入泰国籍，名叫张欢。

3月31日 晴

我们一大早就乘车前往"兴隆农场"，这个农场是新中国成立后，美国为了孤立我国，把在东南亚一带小国家的华侨驱逐出境，逼迫我们，向我们施加压力，因为当时我国和美国是断交的。那些华侨无法生活，后由周恩来总理亲自主持把他们接回来，安置在三亚，办起了一个大农场，农场的名字就叫"兴隆农场"。这些华侨发挥了他们的特长，在这里种咖啡树、橡胶树、椰子树，创建荔枝园，发展经营，并制出多种咖啡制品、椰子制品、橡胶等，而且慢慢扩大，终于打入了国际市场，畅销东南亚及欧洲、非洲。我赞赏华侨的这种创业精神，我为华侨而骄傲，同时也启发了我，人就是要有这种向上的精神，人生就是奋斗，人生就是探索。

随后我们又参观了"首创奥特莱斯"。这里介绍的是我国的水晶生产基地，有各种各样的水晶石制品，我对水晶是外行，也不能妄加评论一二。

月儿弯弯

晚上我们又乘大船夜游三亚湾,远眺两岸渔火灯光,感受梦幻的凤凰岛,欣赏三亚的夜景。

4月1日　18℃~28℃

我们参观了亚龙湾国际玫瑰谷,这里有1000多亩玫瑰栽种基地,有1000多品种,是我国首创把温带花卉引种到热带的成功范例。

中午,我们又去了三亚海棠湾免税城,这里主要是购物的地方,分A区和B区,A区主营衣服、首饰、化妆品。B区主营手表、项链等,一块金表高达几万到几十万,我只给孩子们买了三盒巧克力糖,吃了一碗48元的牛肉拉面,太心疼人了,在内地可吃7碗呀。

这次海南之行使我收获不小。我首先看到了祖国山川的秀美,城市的清洁、文明,市场的繁荣,民族的素质。我今生第一次领略大海,心情真是无比舒畅,我听到的是民族的心声,在改革开放的今天,为了民族的富强,各族人民他们那坚实的脚步,向前跨越的铿锵之声;我嗅到的是扑鼻的花香,海浪飞溅的鱼香,岸上南国水果的甜香。我感到祖国的伟大,民族的高尚。

我留下的是我那一串串的脚印!

我带走的是我那无穷的记忆!

飞机在万里长空翱翔,我的心像天空那样宽广。我的海南之行,我把它珍藏在深深的脑海里,将会把它带到……

第三辑·散文、随笔

难忘的八达岭之游

2015年金秋，我有幸去了北京一次，登上了八达岭，我终生不能忘记这有意义的旅行。

10月的天气，秋高气爽，天公作美。那天也是北京最好的天气，天是深蓝的，云是洁白的，能有这么好的天气，真叫人心花怒放，精神倍增。早上8点钟我与儿子王勇，还有王亮的亲密朋友陕西乡党孙文浩夫妇，驱车前往八达岭。

一路美丽风光使人目不暇接，可爱的首都真令人神往，这样大的都市到处绿树成荫、鲜花簇拥，那林立的高楼也布局合理、分布匀称，不像西安让人看到的只是一幢幢顶天的高楼，也不像上海那密不透风的大楼、狭窄的街道。北京的四合院至今还保留着新中国成立前的旧貌。

从我们住的广安门到八达岭有70多公里。一进山，首先映入眼帘的是红色的枫叶，漫山遍野，层林尽染。远远望去，像一簇簇燃烧的火焰；还有一部分树呈黄色的叶子，金黄金黄；那松柏绿得可爱。举目远眺，山峦层层叠叠，一望无际。

我们驱车山下，首先看到的是三层牌楼上书"燕山雄关"四个大字，这是上长城的正门。长城，中华民族的伟大象征。八达岭长城，中国万里长城最杰出的代表，明长城的精华。

八达岭长城坐落于北京延庆县境内，雄踞西北通往北京的要道，最高处的城楼（北8楼）海拔888米，地势险要，是扼守京域、守卫京城的重要关隘，素有"北门锁钥"之称，从1953年开始接待中外游人。我们游览的长城

月儿弯弯

有3 741米，南段1 176米，北段2 565米，共有敌台16座。

长城是我国劳动人民的伟大创举，在那道路崎岖、山峰林立的崇山峻岭中能修起这样的巨大工程，我们至今仍觉得不可思议。长城宽有5米，城墙高3米，厚度1.5米，每块砖重达10多斤。人行道也是砖块砌成的，有些陡峭处呈台阶形，有些地方呈慢坡状。游人长年不断，有好多砖块已磨成槽形，被踩得光光的。

八达岭长城是明长城的一部分，据《史记》记载和文物工作者考查，都证明八达岭一带在战国时期就筑有长城，而今仍见残墙、墩台遗存，其走向与今明长城大体一致。《汉书》记载曾设军都、居庸两座关城，北魏《水经注》说"居庸关在居庸界，故关名也，南则绝谷，垒石为关址，崇墉峻壁，非轻功可举……"

据记载，1500年前的北魏，曾在八达岭一带修筑长城，当时北魏国都平城，名叫"畿上塞围"，东起上谷军都山（即八达岭一带），西至黄河岸，后来到北齐王朝天保六年（555年）又修长城，西起大同经军都山东把长城延长到海边。

八达岭长城建于明朝弘治十八年（1505年），对八达岭长城进行了长达80年的修建，共1 300多里，并将抗倭名将戚继光调来北方，指挥长城防务，是中国古代伟大的防御工程，万里长城的一部分。

八达岭长城展现了万里长城雄伟险峻的风貌。作为北京的屏障，这里山峦层叠，地势险要，气势极其磅礴。长城南北盘旋延伸于群峦峻岭之中，视野所及，不见尽头。长城依山就势向两侧展开，雄峙危崖陡壁之上，古人所书的"天险"二字确切地概括了八达岭作为军事要地的重要性。

那天我们中午11点开始登山，一轮红日挂在空中，天气晴朗，白云朵朵，山风徐徐。我们从长城的北边而上，游人们摩肩接踵，熙熙攘攘，有80的老妪，有三四岁的儿童，有妙龄少女、年轻的帅哥，有中年男女，也有古稀之客,还有外国的游客。我虽近古稀之年,但比起别的游客,我可年轻了许多。长城两侧时有瞭望台,古来的将士们站在台上就能望见远处的一切,有射箭的箭眼,士兵们随时都可抵御来犯之敌。每过一截就有楼台,楼台下面是士兵的休息室。我想我们的先辈们日夜守卫在这崇山峻岭中,他们喝一口水都要到山下去挑,这是何等的艰难。寒冬腊月在零下20多摄氏度的低温下,夜间他们是怎样熬过来的?盛夏烈日当空,他们又是怎样坚持下来的?而士兵们一代一代守卫在前哨,可想而知他们是何等的艰辛。更不用说修筑长城,那令人不敢想象的浩大工程,几百万民工,苦斗在这荒野的山峦峻岭之中,日复一日,年复一年,从风华正茂到两鬓斑白,把自己的年华消耗在这里。我们也都知道孟姜女哭长城的故事吧,孟的丈夫万有良自新婚后的夜晚被拉去修长城,直至死在长城脚下,而这只是其一,那千千万万的人们呀,使我们今天都不敢想。

长城也是我国劳动人民的伟大创举,它有力地抵御了外族的侵略,守卫着国家的安全。在长城上,我们还看到了"神威大将军炮",有五门大炮,是明代守卫八达岭长城的武器,其中最大的一门炮筒长2.85米,口径105毫米,铭文大字是:"赐神威大将军",制造时间为崇祯十一年(1638年);另四门小炮俗称"牛腿炮",最大射程达500多米。

在长城终端有一块很大的岩石,上篆刻着"好汉石"三个大字,离这块石头不远,稍向西北有块石壁,壁上刻着"不到长城非好汉"的诗句。

万里长城是中华民族的象征,它体现了我国人民坚强不屈的精神,抒写了人民的创造力和爱国的顽强意志,以及在对敌斗争中将士们无畏的气概。

这里从1953年开始定为旅游景点,1961年被列为国家首批重点文物保护单位,1987年联合国教科文卫组织将其列入世界文化遗产名录,是接待游人最多的长城景区,接待国家元首最多的长城景区,于2007年被评为世界新七大奇迹之首,国家首批5A级旅游景区。

迄今为止,八达岭长城接待了1.5亿多海内外游人,已有484位国家元首、

月儿弯弯

政府高官登临,在世界和中国人民之间架起了一座桥梁。新的时期,八达岭作为和平的象征,迎接世界各地宾客。

下午5点钟左右,我们一行下到了山下,又来到"燕山雄关"的大门,我思潮起伏,浮想联翩,有太多的感慨。在我脑海里呈现的是卫士门英勇抗敌的宏大场面,浮现的是那百万劳工衣衫褴褛,肩扛着一块块的砖块奔波在这崎岖的羊肠小道之间,那皮鞭抽打在他们的身上,那寒风吹着他们褴褛的衣衫,浑身瑟瑟发抖,却依然一步一步爬行在那荆棘满地的山岭之中。我想,为了修长城千千万万的人献出了自己的生命,我感慨,我的心在滴血。我的脑海里回响着铁锤的铿锵、钢钎的叮当,在陡峭的山间开凿出宽敞的山路,然后才能砌基座和砖墙。"万里长城今犹在,不见当年秦始皇"。历史是劳动人民用血写出来的。

第三辑·散文、随笔

西安火车站夜景

西安火车站我来往过好多次，如今我已是古稀之年，我又一次来到这非常熟悉的地方，这儿是通往天南地北的港口，也可能是人生的起点，或人生的最后一站……

看，那售票厅门口，有一位老人倚墙而坐，佝偻着，半闭着眼睛。行人如流水在他身边淌过，闪烁的灯光在他身边掠过。没有人看他一眼，他也不看任何人，他在听什么？他在想什么？他对周围是漠然的，行人对他更漠然。他要什么？好像什么也不要，只是木然地坐在那里。他要干什么？他什么也不干，没有人需要他干点什么。他坐在这热闹的街头，坐在人流中间，与什么都无关，与街头无关，与人无关。但他还活着，是一个活人，坐在这繁华的街头。

我总觉得认识他，他有家，他有妻子，有儿女。现在妻子去了，儿女大学毕业后都有了自己的家庭，而他却流落街头，独自一人，半闭着眼睛，佝偻着。就这样坐在街头吧，让他来点缀这繁华的街道。

总会有人望望他、想想他，并由他想到一切。让他独自在街头，在鲜艳的色彩中涂上灰色的一笔。我也流下了泪水，我不知道为何而落泪！

在这里，他比不上掠身而过的一身紫色的衣裙，也比不上脸上的蓝眼圈、血似的红唇，更比不上牵在女士们手中的那条小狗，他什么都不能比，他只在一幅俗气的风景画里留下一笔不显眼的灰色，和令人思索的一缕冷漠与凄凉。

但他可能当过教师，在那三尺讲台上从风华正茂到两鬓斑白，曾经桃李满天下；他可能在20世纪70年代中是一个叱咤风云的人物，他领着千军万马学大寨，改天换地；他可能是个百万富翁，现在却落魄得无地自容。他两眼望地，

月儿弯弯

那么他究竟在想什么？是回味那往昔荣华，诅咒今天的满腹忧愁？还是在追想那如烟似雾的欢乐，重温那香甜的春梦？

啊，老人，你就坐在那里吧，半闭着眼睛，佝偻着，一副木然的样子，等待着那一扇蔚蓝色的天国之门向你开放吧，等待着、等待着，有谁来接你吗？我不能回答……

静夜思

春夜，好静谧的春夜，我信步走在野外的高处，迎面拂来轻轻地风儿，风是带着缕缕刺槐的清香，夹杂着青草味儿。远处起伏的山峦涂上了青黛色，墨黑墨黑的。高高的天空，没有月亮，繁星直逼着你的眼，整个宇宙中尽是蓝色、红色的小星星，像在给我挤眉弄眼。我静静地思考着，心中惆怅，星星在讥笑我，月儿不愿见我，她藏起了自己羞涩的脸儿，他们都在瞧不起我。

脚下是一张绿色的地毯，无限大的地毯，向远处延伸，这是麦田。我身边有几棵小小的松柏树，默立在那里，一动不动，它们或许在默哀，或许在期盼，或许在有意保持着肃静，不打扰我似的。我努力睁大眼，望着这抔黄土，我吃力地寻找着，寻找我心中的偶像，我日夜思念的人，她却隐藏着那熟悉的面容，好像有意不让我寻见。我心中的苦闷，总想在这无人打扰的夜里消散，你可来到我的身边，让我看一看那红润的脸儿、那含情脉脉的神情、那一汪秋水的眸子、那乌黑的秀发、那突起的双乳、那苗条的身段、那亭亭玉立的倩影。然而一切努力都无济于事，都是徒劳，我不甘心，我坐在这黄土堆前，我想你会微笑着站在我的面前的，你会用那双手揽住我的脖子，你会依偎在我的怀抱中的，你会……

然而你静静地躺在那里，你正在熟睡吗？你睡得好香甜呀，你可知道我在千声万声地呼唤你吗？青呀，我日夜思念的青，我何等地想念你呀！我不能没有你，我想你想得要发疯。我又回到了昔日的往事中，我在往事中生活。我记得在过去的日子里，每当我推车外出卖小鸡时，你总是不停地叮嘱"早点回来"。当太阳偏西时，你会为我倒杯开水，放上一大把的白糖，等待我。直到

月儿弯弯

饭烧熟了，你还在耐心地等呀等；饭凉了，你又烧热。太阳西沉了，你站在村口的高处，踮起脚跟，一次次地向远处眺望，那望眼欲穿的心情、那焦虑的思念，挂在你的心中，当我出现在你的身边时，你是何等地畅快，脸上笑容像是绽开的荷花，兴奋地端碗沏茶。你坐在我的身旁，看着我一口口地吃饭，不断地说："饿了吧，慢慢吃。"你的深情我看在眼里，我铭记在心中。

在那饥饿的岁月里，家里无半点细粮，每当我很晚才从学校回来时，你依旧坐在炕头，边做针线边等我，直到听见我那咚咚的脚步声后，你脸上顿时会泛起笑容。我从学校买回发糕（粗细粮掺在一起的糕馍）捧在你面前，你是多么高兴，但你总是让我多吃，我实在不忍心，然而我不吃，你又不肯吃，还要给幼小的亮儿留一部分，而你吃得很少。那时孩子都要喂奶，你有时饿得昏倒在地头，你那时脸黑瘦，那是饥饿的原因。我有时给你买些锅盔（烙馍），而你把它藏在箱子里，等到实在饿时才吃一点。

记得女儿幼小时，总爱哭，那瘦弱的小生命，总不喜欢吃那些杂面，咱们只好轮换着照顾她。我总是先抱着她，边喂边逗着，而你囫囵吞枣地吃些，就换我吃饭，为了老人、为了孩子、为了一天在外奔波的丈夫，你宁愿饿着肚子，也要别人吃饱，而你的身体一天天消瘦，我是多么心疼呀。

1980年后实行了责任制，你在自己的田里收获劳动成果，累得睡在那金灿灿的苞谷堆上，实在没有力气了，而望着那用汗水换来的丰收，你顿时精神倍增，把一切累、一切苦全都忘了，收回了那沉甸甸的玉米穗，你陶醉了。当我从学校回来挑起那沉重的担子时，你跟在我后面，心中的喜悦，把一切都抛之脑后。

每当春风徐来之时，你顾不得欣赏那花香四溢的春景，而是忙碌在孵化室中，千百只小鸡是你的事业，绒球似的小生命是你的爱物，在你辛勤养育下，它们出壳长大，当你站在出售小鸡的笼旁，顾客纷至沓来，人们敬羡你的精湛技艺，争购你的小鸡。

第三辑·散文、随笔

　　你的信誉传遍了整个洛南，你在全县孵化界中是独一无二的，你曾赴石坡给他人传授技术，你曾被聘到胡河乡办起了孵化场，你对技术要求很严格，从而赢得人们的信赖。

　　你在夏季里务甜瓜……

　　你在秋季里储鸡蛋……

　　你在冬季里织毛衣……

　　一年四季从未闲过一天，你是我的伴侣，你是我情同手足的小妹，你是我心中的女神，你是孩子们的慈母。

　　我在追念你，我在沉痛中忏悔，我犯下了不可饶恕的罪过，我没有尽到一个丈夫的责任，我好糊涂呀。在前几年我没有设身处地地关心你的身体，虽说多年来药没少喝、针没少打，但为什么不做大的检查？我的心难道是块铁石吗？这一年多来我才如梦初醒，但为时已晚呀，我恨死了自己，我无法原谅我自己，我使孩子们失掉了人生最宝贵的东西——母爱，伟大的母爱。在孩子面前我是一个十恶不赦的罪人，我将永远不能弥补我的这一过失，我应受到良心的谴责。作为父亲，我无法向孩子们交代。我觉得自己好像用一把看不见的刀扼杀了自己的亲人。我爱我的人，我怎肯使她受委屈？然而我没有保护好妻子，我失掉了我心中最珍贵的东西。踏破铁鞋无觅处，走遍天涯难觅回。

　　25年的深情铭记在心间，你为我献出了年轻的生命。我记得你在生病期间，夜夜向我倾吐衷肠，我的青儿呀，你同我是家庭之车的两匹马，是小舟上的两个橹，是一架犁上的两头牛。你为了我、为了孩子们拼命干，从来没关心过自己，你常说："一个人不能光为自己活着，也要为别人而活。"

　　你把一分钱都看得很贵重，都要用在恰当的位置上，唯独没有关心过你自己。每当我要你看病时，你总是说："慢性病，花钱不顶事。"其实我知道你是怕花钱，你是要把钱都花在孩子们的身上。你总是想着孩子，一分钱你都认为是我们血汗的结晶。然而今天我才明白，钱并非贵重之物，只有那情意、那

月儿弯弯

真爱才是世界上最宝贵的东西,它是无价之宝。

夜,还是那样的静;风,依旧拂面而来。我徘徊在你的身边,不想离开,然而这只是活人的思念。你躺在那里,但你的灵魂已上了天堂,你用你的行动修成了正果,耶稣收留了你,嫦娥为你载舞,吴刚为你斟酒,因为你用自己的心血哺育了一代英才,你的功德似天高,你的慈恩如海深。人生呀,人生!这就是你的人生。

写给孩子的备忘录

我的儿女们：

我写这份备忘录给你们，基于三个原则：1.人生福祸无常，谁也不知道可以活多久，有些事还是早一点说好；2.我是你们的父亲，我不给你们说，没有人会给你们说；3.这份备忘录里记载的，都是我经过惨痛失败得来的教训，可以让你们和你们的孩子们少走些冤枉路。

以下便是你们人生中要牢牢记住的事：

一、对你不好的人你不要太介意。在你们一生中，没有人有义务要对你好，除了我和你妈妈。至于那些对你好的人，你除了要珍惜、感恩外，也请多防备一点，因为每个人做每件事，总有一个原因，他对你好，未必真的是因为喜欢你，请你必须搞清楚，而不必太快把对方看作是真朋友。（这点主要是对亮说的）

二、没有人是不可替代的，没有东西是必须拥有的。看透了这一点，将来你身边的人不再需要你，或者你失去了世间的最爱时，也就能明白，这并不是什么大不了的事。我在你妈妈走后，终于熬了过来。

三、生命是短暂的，今日你还在浪费生命，明日你会发觉生命已远离了你。因此，愈早珍惜生命，你享受生命的日子也会愈多，与其盼望长寿，不如早点享受。

四、世界上并没有最爱这回事，爱情只是霎时的感觉，而这感觉绝对会随着时间、心境而改变。如果你的所谓爱离开你，请耐心地等候，让时日慢慢地冲洗，让心灵慢慢地沉淀，你的苦就会慢慢地淡化。不要过分憧憬爱情的美，

月儿弯弯

不要过分夸大失恋的悲。

五、虽然很多有成就的人士都没有受过很多教育，但这并不等于不用功读书就可以成功。你学到的知识，就是你拥有的武器。人可以白手起家，但不可以手无寸铁，切记！

六、我只能供你们读书，但没有能力供养将来，同样我也不会要求你们供养我下半辈子，当你们长大到可以独立的时候，我的责任已经完结，以后全靠你们自己了。

七、你可以要求自己守信，但不能要求别人守信；你可以要求自己对人好，但不能期待别人对你好；你怎样对人，并不代表人家就会怎样对你，如果看不透这一点，你只会徒增不必要的烦恼。

八、我也买过多次彩票，还是一穷二白，连最小奖也没中过，这证明人要发达，还是要努力工作，世界上没有免费的午餐。

九、亲人只是一次缘分，无论这辈子我和你们相处多久，都要好好珍惜共聚的时光，下辈子无论爱与不爱都不会再见。

你们的老爸于甲午年岁终（2014年）

人生的航行

首先我给大家讲个故事：

在英国萨伦港有一个著名的船舶博物馆，那里收藏了一艘很特别的船。

这艘船自1894年出海航行之后，在大西洋上遭遇了116次触礁，138次和冰山相撞，还有13次起火事故，此外，被风暴折断桅杆次数更是高达207次。当你看了这些数字后有什么感想呢？

这段文字是我阅读《哈佛四点半》发现的，我当时被这段文字所震惊。我想人生就像大海，成长就像一次远航，在人生的大海中，我们总会遇到险风恶浪的侵袭，自信是我们收获力量的源泉。这段文字的宗旨是指："自信的秘诀就是不惧怕失败，在不断地跌倒爬起间，让自己站得更高，看得更远。"

今天，是我的70寿辰，我的儿女、亲友们都欢聚一堂，庆祝这难忘的日子。我非常高兴，能健健康康地同我的亲人坐在一起，能与我的孙子、孙女、外孙坐在这里，我特别欣慰，我望着他们幼稚的眼神，红通通、胖乎乎的脸蛋、乌黑的头发、健壮的体魄，我真正享受到了天伦之乐，这是我梦寐以求的。

我的70年过得很艰难曲折、寂寞多灾，但同时也觉得有滋有味，酸甜苦辣涩五味俱全，也许这就是人生吧。我想借这个机会，回顾一下我的一生，也算是做个总结吧！

我把一生大致分为四个阶段：一是无忧无虑的小不点时代；二是百忙中的青年时代；三是苦愁的中年时代；四是安逸的暮年时代。

月儿弯弯

一、无忧无虑的小不点

我的童年时代，是非常饥饿的年代，那是1950到1965年。我至今还记得，我五六岁时家里吃的黑豆馍，而我怎么也咽不下去，一见那馍心中就产生恐惧感，那是我记忆中记得最早的事，大概是1953年左右吧！而后在1959~1960年，第一次吃食堂饭的时期，在全队人在村上办的食堂吃饭，每天吃的是稀稀的菜汤饭，说是面条只在汤中漂几条，或用小豆面拌的拌汤，噎得人难以下咽；有时吃的是苞谷煮些菜叶，每顿吃两碗稀汤。无论人们在多远的地方干活，只要一听到队上用破锅做的时钟一响，就飞跑回家，排队打饭，那场面今天都不敢想，那日子实在难熬。我曾亲眼看到村上的一个杨老头，老伴有病，走不动路，天又下着雨，他提个瓦罐，打了饭在往回走的路上，一不小心，脚下一滑，饭全倒在地上的泥中。杨老头趴在地上用嘴喝起来，那惨象真叫人无法目睹。

后来食堂散了，家中没一点粮。我每天放学后，提个草笼到野外挖点别队在荞麦地里种的蔓青或甜菜，有时偷偷挖些油菜根。油菜根又苦又涩，但那时吃得很香甜，只因实在太饿了。

第二次办食堂是1960~1961年，那时全村分两个食堂，南队一个，北队一个。第二次吃食堂饭最艰苦，我记得当时好多人都是在那时饿死的。最后食堂终于办不下去了，才被迫解散。那时我家里的房子被食堂无偿占有，家里人全被赶出家门，住在别人的磨房中，给我少年时代留下了终生难忘的痛苦。

在20世纪60年代，天气干旱，三年困难，国家又要给苏联还债，把鸡蛋、猪肉、苹果都拉去抵债了。全国人在苦难中煎熬着。我每每看见父亲那驼背的身影、那浮肿的脸，还要终日劳作，我多次暗暗流下了辛酸的泪水。特别是有一次，那是1967年冬，我在周日上学校去时，走在院中，回头望见父亲衣衫褴褛、面容苍老，在忙着择辣椒，准备碾碎后拿到街上换钱，我不由得潸然泪下，心中不知为何觉得父亲快要离我而去了，我再也见不到可怜的父亲了。那年我正在洛南中学上高中二年级，只有18岁，就在我到校后的周三，父亲离开了人间，与我永别了。人的第六感觉是非常灵敏的，我的感觉最终变成了现实，那是我终生无法从记忆中抹去的。

曾记得我上小学五六年级时，家中实在无法给我做一件棉衣，就让我穿着大姐那宽大的花布棉衣，下面直达膝盖。家人用煮黑染了，但花儿还很明显，走在路上常惹人发笑，很多人不由得回头多看我一眼。特别是有一次，一个路人不只一次回头望着我，并善意地发笑，他先把我当成女孩子，后来才看清了，笑笑不语而去，一个男孩子穿着这样的衣裳，可想而知，在我幼小的心灵里是多么痛苦与无奈。

在上初中的三年中，初一、初二我是在卖蒸馍、卖挂面、卖馒头中度过的。每逢农历二、五、八，我都要到保安街上卖馍，家中只能剩下些黑面、麦麸，度过饥饿。只有到了初中三年级，我才想到该下功夫读书了，于是苦熬了一年，总算以较好的成绩考入洛南中学，我们班60人共考上了11人，而我是其中的一个幸运者。而高中三年，我的生活也就是路遥在《平凡的世界》中写的孙少平的生活，每顿饭吃的都是最差的饭菜，每周回家时给老父亲买两三个白馍，这也是我当时唯一能孝顺我那年迈的父亲的，因为我每月只有四元钱的助学金，家中是连一块钱也拿不出来的。一个月四元钱，每周只能花一块钱，剩下的只有靠我找机会给别人拉车子赚点钱，来弥补自己的不足。

夏天的周日，家中给我蒸点用小得可怜的洋芋掺点苞谷面蒸的馍，我背着馍到学校，而那些馍已烂成了一堆乱糟糟的焖饭，我只好用双手掬起来吃。由于盛夏洋芋坏得太快，到第二天早上已变成一堆白花花的发毛馍，而我也要不顾一切地把它吃掉，这是我唯一的饭菜。

如果到了冬季，我每天中午用开水泡些冷苞谷馍，到傍晚胃不断泛酸水，我实在无法忍受。就在那时，我的胃被破坏了，落下终生胃病。

我回忆起来，那个年代，我天天都是在饥饿中度过，难忘啊！我的学生时

月儿弯弯

代。但那时我还是无忧无愁的，从未知道什么是苦，面对着那样的生活度过来了。今天我也常想，可能每个人都有他苦难的学生时代。我记得1995年春，我在西安明德医院给我心爱的贤妻治病时，大儿亮从徐州回来看望母亲，当走时我把儿子送到火车站，在火车站的地下室儿子买了两双板儿鞋，每双两元钱。事后我痛苦了好多天，两块钱一双的鞋，能穿几天呀。苦了我的孩子，我泪水流在了心里。还有我的小儿王勇从1997年到1998年在杨凌上水利学校时，一年多从未花过家里一分钱。一个学生每天要吃饭、花钱，而我到今天也不知道他是怎样熬过来的。我让孩子们受了苦，我恨我自己没有能力，没有养育好他们。

那时我实在是债台高筑，两个孩子要上学，家中病人要花钱，我肩上的担子千斤重啊，但我面对一切，咬着牙关挺了过来，我战胜了一切艰难险阻。

二、百忙中的青年时代

高中毕业后，由于"文化大革命"，高校停止招生，我的大学梦破灭了，我同全国青年学生一样上山下乡。在这个潮流中，随历史的浪花冲到了我应去的地方，我又一次跌入了人生低谷。我白天担粪，说了句"这是在受苦"的怨言，而马上被人告发，晚上被推到了批判台受批判，还美其名曰是接受贫下中农再教育。在劳动锻炼的两年中，我被派到国防厂为生产队拉砖、拉沙、拉石子，支援三线建设，那时我还不满20岁。我在"72厂"（代号）拉石头，从那临时开辟的山路拉着1000多斤重的石头，异常艰辛，有几次翻车，险些被砸伤。第二年又被派去开隧道、修水库，又干了一年。后瞒着生产队，我偷偷与镇上管教育的专干联系，填了招民办教师的表，当了民办教师，但被队上知道了，有人想把我拉回来，还给我整了好多材料，但学校不吃那小人一套。那时我受尽了世态的炎凉、人心的冷暖。从此我走上了教书育人的道路。

在永丰中学我一干就是40多年。那漫长的岁月，人生能有几个四十年呢？我把学校当成了家，我无限热爱我的事业，特别关爱我的学生。在飞雪飘舞的深夜，我还在伏案批改学生作文，那鲜红的对号、错号是我心血的结晶。在炎炎烈日，我领着我的学生学工、学农。我当民办教师，一干就是15年，每月28元工资，还要给生产队上缴12元，而我自己每月只剩下的16元，要供养我的妻子儿女花费。直到1983年，终于盼来了民办转公办的机会，我参加了全县几千名民办教师转正考试，然而全县只有14个名额，我很幸运以全县第三名的优异成绩考过了。但后面在政审中受尽了别人的刁难，我伪造15年前的工分介绍单、年终全队工分结算账本，到当时公社（现在镇政府）寻找"文化大革命"中的"革命委员会"的公章。世界上还是好人多，我直接把事情向公社书记说清楚，书记派人给我找到当时的公章。伪造是犯法的事，但在当时的社会环境下我不这样做还有什么办法呢？真是做到了天衣无缝，终于过了政审关，被转为公办教师。有个别学生家中困难，我就给钱，让其报名上学，后来我帮的学生终于中专毕业，他们无比感激，多次来看望我，我知道他们是来报恩的。25年的初中教学，15年的高中教学，使我从风华正茂走到两鬓斑白。永丰中学是我一生奋斗的地方，我的脚印深深地留在校园，我的身影永久地映在校园，我的声音回荡在那三尺讲台上，我的人生笔迹永远留在黑板上。我是一支蜡烛，燃烧了自己，照亮了我的学生。我是一架梯子，使我的学生攀上了他们理想的境地；我是一座桥梁，横跨在知识的大河上，让我的学生跨过去，走向知识的殿堂；我是一支粉笔，为我的学生们书写灿烂的人生；我是一位园丁，培养着园中的幼苗，使苗儿健壮，开放五颜六色的花朵，装扮美丽的春天；我是严父，我是慈母，我是蜜蜂，我酿就百花蜜，只要香甜满人间；我是春蚕吐丝，留赠他人御风寒……学生们终于长大成人，而我背驼了、发白了，满脸爬满皱纹。

人生就是来受苦的，只有不怕苦，才能做好你要做的事，也自然会得到回报。为了我这温馨的家庭能够摆脱贫困，为了供养宝贝们的生活，我在教书之余，想尽一切办法，增加家中的收入。我经过不懈的努力，终于试验成功用煤

月儿弯弯

油灯孵化小鸡的技术，当时正赶上改革开放的潮流，《陕西日报》报道了我的发明创造后，真是名噪一时。县妇联会、共青团县委都争相报道了他们领导妇女、共青团员发家致富的丰功伟绩，真是人人都想踩着我们的肩膀，向上爬，为他们自己贴金。一时全省各地的信件像雪花一样飘来，而我曾到安康市白河县传经送宝，指导那里的贫苦农民孵化小鸡。白河人民把我看成了座上宾，热情亲切，让人难以忘怀，孩子们老远唤着"发明家、发明家"。我为那里的农民办了几十场讲座，把自己所知道的细致耐心地教给他们，使他们自己走向养鸡致富之路，同时我也分享成功的欢乐。特别是在一个叫药树公社的地方，县政府拉了一汽车鸡蛋，让我指导学员孵化，场面惊人，学员众多，真叫人感慨。从这件事中我认识到"人可以白手起家，但不可以手无寸铁"。人要有知识，有知识才是你受人尊重的本钱。

我亲爱的人，她多次到县上参加会议，受到县、区妇联的表彰，她到石坡为那里孵化鸭子，为胡河公社孵化小鸡，为了这个家劳累终生。我们两个人撑起这个家，为孩子们遮风挡雨。我的贤妻她从一踏进这个家门，就一心一意地撑起一片天，为了孩子们她有使不完的力量，再苦心中也是快乐的。人一旦有了家，就会不顾一切地去奋斗，那力量大得惊人。我们两人种了八亩多责任田，一亩六分自留地，春天孵化小鸡，麦子收完后又卖香瓜，还收藏过鸡蛋，做过变蛋，冬天贩过猪肉，我下晚自习后回家，叫人把猪一杀，两点钟起来把肉送到国防厂的职工食堂，就是现在搬迁到西安电子城的厂子，在洛南时叫国防厂。我要赶学生上早操时回到学校，领我班上的学生出操。这样我两天买一头猪，杀后再卖，一直熬到春节。为了赚钱，我俩把一切门道都挑遍了。我们孵过小鸡、鸭子，还孵过美国七彩山鸡，更孵过每枚重6.3斤到6.5斤的鸵鸟蛋，三年共孵了几百只鸵鸟。

三、苦愁的中年

我毫不夸张地说，我与我的妻子是世界上最恩爱的夫妻。妻子是我的糟糠之妻，我是贤妻心中的精神支柱，她与我共同度过了人生最艰苦的阶段，我们为养育三个孩子，受尽了人间的苦难，她为了儿女们献出了自己的生命，用她的生命换得了我们的今天，她的爱是世界上最伟大的母爱。

  20年来，我无时无刻不思念着我心中的人——杨月青。她的身影在我的脑海中浮现，她那熟悉的声音在我耳边回响。我忘不了修房时我们俩拉着架子车把盖房用的椽一车一车硬是从南山拉回来，200多根呀！我也记不清到底跑了多少回。有一次我俩买椽回来，天下着蒙蒙细雨，拉着车子上焦山岭的时候，一走一滑，我俩满脸汗水夹杂着雨水，艰难地攀登着……我怕累坏了妻子，自己不顾一切地猛拉，妻子怕累坏了我，她竟要驾辕。我俩争夺起来……我可怜的人儿呀！泪哗哗直淌，心一片片撕碎。今天老屋虽破旧，但一砖一瓦是我俩心血的见证，我无限珍视。

  那飞雪飘舞的冬天，我俩挑着储藏下的鸡蛋在卫东厂子叫卖着，担着肉串街走巷，直到天很晚才回家。

  还有收麦子，我俩一连三天三夜未合过眼，一直把我心爱的人累得昏倒。我抱着贤妻，狠狠地抽打着我自己，我心疼呀！

  25年的共同生活中，我那亲爱的妻子，她从来对我没有要求过什么，她没有吃过一顿安逸的饭，她没有穿过一件像样的衣服，她没有睡过一天舒适的觉。病魔一天天侵蚀着她的身体，我们没有钱治病，她自己也知道病的可怕，但是环境不允许我们想那么多。直到1995年，我的贤妻带着她的遗憾离开了我和孩子们。月有阴晴圆缺，人有悲欢离合，严酷的冬天吞噬着我的心。我的心碎了，孩子们的泪流干了，但这是自然规律，我们谁也无法抗拒，只有靠时光的沉淀来带走我的痛苦，只有从苦难中慢慢地复苏，使自己振作起来……

四、安逸的暮年

  我是午后的残阳，看起来还有些光亮，但它很快就会隐去的。

  结合自己的一生，回顾前人说的话，我也有这样的认识：

月儿弯弯

我想世界上只有少数幸运者的人生是一帆风顺的，而大多数人都经历过磨难、凶险，甚至九死一生。人活着本身就是苦斗的胜利，活得好，简直是奇迹了。生活的长河充满了惊涛和艰险，磨难是生活的主旋律，而欢乐和春风，那只是生活的插曲和生活长河中的浪花。

我解甲归田后，过着悠闲舒适的田园生活，这真是"宠辱不惊，闲看庭前花落花开；去留无意，漫随天外云卷云舒"。我的田园生活令我心旷神怡，我的孩子们一个个都成家立业了，他们都各有温馨的三口之家，城里有他们的事业、有他们的窝棚，家中有遮风挡雨的小楼阁、室中现代家具，应有尽有，无一不足。

令我宽心的是孩子们都很关心我的起居生活，吃的穿的应有尽有，两个儿媳像女儿一样细心照顾我，女儿更是我的小棉袄。他们兄妹几个冬季买回棉衣、夏季买回单衣，孩子们慷慨至极，钱大把大把地给我，衣服向雪花般飘来，好吃好喝无所不有。我能到今天这个地步，真是像在梦幻中一样，知足者常乐，我很知足。我要好好地生活，我要亲眼看着儿孙辈长大成人。

今天我只以书为伴，以影为侣，借以消除那寂寞、孤独感。我辛勤经营我的田园，种植各种蔬菜，不为吃，只为获得那收获后的喜悦，分享劳动后的快乐。

昔日千斤重担我没有被压倒，晴天霹雳没有击垮我，病魔没有夺去我的生命，我闯过了九死一生。我希望我的孩子们珍惜你们的一切，以勤俭为荣，以忠厚待人为先，以事业为己任，廉洁奉公，清白做人。

千言万语，说不尽道不完！我划着人生的航船，向我那避风的海湾驰去，那儿是我的归宿，那儿有我要找的亲人，他们在等待……

风呼呼地吹着，浪哗哗地淌着，茫茫的大海上一艘柳叶小船远去了，远去了，直到无法望见……

2015年

第三辑·散文、随笔

第四辑 读书札记

　　读书是人生的一大乐趣，只有广泛读书，才能学到更多知识，使自己精神倍增，做事少走弯路。

　　我渴望读书，利用闲暇时间，努力读书。现在仍觉得自己一生的知识太少，以前把光阴都白白荒废了，如今回忆起来甚是可惜。于是我更加珍惜自己眼前的分分秒秒，读书做笔记，不断地充实自己，并把有些特别触动人心的典型事例介绍给我的后辈们。希望孩子们能够从这些事例中得到收获，学到前人的坚强意志、永恒信念，能够树立足够的信心，克服一切艰难险阻，以饱满的热情，坚强的信念，朝自己人生的目标奋勇前行，实现自己的理想，做一个对社会有贡献的人。

　　下面是我读书中的笔记，并不是我自己写出来的，而是摘抄出来的，只是觉得这些语言实在太感人了，这些话说得太生动了，希望你们也能从中受到教育。

月儿弯弯

最优秀的人往往是最努力的人

名言：只有比别人更早、更勤奋地努力，才能尝到成功的滋味。

人们经常说："一个人是否能够获得成功，完全取决于他在业余时间是否能够勤奋。"

如果你能够每晚抽出两小时来阅读书籍，学习功课，参加一些有意义的讨论或者演讲，那么你就会发现自己的人生正在发生质的改变。如果能将这一习惯坚持数年，成功也就触手可及了。一个人想要改变自己的人生，就要付出更多的努力才行。当别人利用业余时间休闲娱乐的时候，你就必须利用这些时间来学习充电，不断为自己增加筹码，直到成功的来临。

有些人自己也拥有远大的理想和志向，只不过一心想着丰厚的收成，却没有花更多的时间去辛勤的耕种罢了。

下面是一则典型事例：

1903年，有一位名叫科尔的学者在纽约数学学会上风头占尽，因为他破解了一道世界级的难题。

当人们都对他取得的成绩赞许不已的时候，有一个人提高声调对科尔说："先生，您是我这辈子见过的最有智慧的人！"

面对这样的夸赞，科尔只是微微一笑，回答说："我并没有你想象中的那样智慧，我只是比一般人更勤奋努力罢了。"

科尔的回答显然让那人感到十分疑惑。科尔反问道："知道我破解这道难题花了多长时间吗？"

那人回答说："一个礼拜吗？"科尔微笑着摇了摇头。

那人又回答说:"一个月时间吗?"科尔依然摇了摇头。

得到这样的答复,那人更吃惊了:"我的上帝啊!你不会花了一年时间吧!"

科尔很平静地回答:"先生,你错了,不是一年而是三年内所有的星期天。"

科尔的回答让在场的所有人都沉默了。

这个故事让我们明白勤奋努力与坚持学习的重要性。

我想告诉我的后辈们,想要获得成功,就要付出更多的努力,要相信"只有一分耕耘,才会有一分收获"。

月儿弯弯

如果没有勤奋，天才也将一无所获

我们经常会见到有些人抱怨："我没有什么天赋，没有别人聪明，无论再怎么勤奋努力，最终都无法取得别人那样的成绩，这让我灰心丧气，好像老天爷不公平一样！"

孩子们：天赋并不能使自己更出色，而勤奋可以让自己绽放出无限的光彩！

伟大的艺术家雷诺说过："假如你没有别人聪明，也没有什么特殊的能力，那么勤奋将会弥补你的不足；假如你拥有明确的目标，做事的方法也很恰当，那么勤奋将助你获得成功！"

一个天才，如果不勤奋努力地学习，他终将沦为庸才，碌碌无为地度过一生；同样的，一个平凡的人，如果不勤奋努力地学习，那么他终将一无所获。

下面是一则故事：

作为美国历史上第一位华裔内阁成员，哈佛大学的毕业生赵小兰在回忆自己的求学经历时，感触十分深刻。

从学习上来说，赵小兰算得上一个天才，不过她并没有因自己的天分而停下过勤奋与努力。

赵小兰刚到美国的时候，连英文单词是什么都不知道，却被父母安排插班，成为三年级的一名学生。那时候，她只能把老师、教授的内容用笔记本抄下来，晚上再由父母译成中文，方便她理解与学习。

与此同时，父母从最简单的英文字母开始，将每天的娱乐时间用来教她学习英语。

举世闻名的哈佛商学院有一个十分难念的课程，那就是研究所的MBA（工商管理硕士），只有那些世界名校的优秀毕业生才有可能进入MBA的大门，而且在进入MBA后，竞争依然很激烈，如果你没有付出百分之百的努力，很容易就会被淘汰出局。

大学毕业后，赵小兰被芝加哥大学沃顿商学院和斯坦福大学等著名学校同时录取，不过她还是希望能够进入梦寐以求的哈佛大学，尽管每年哈佛录取女生的比例仅有百分之五。

1977年4月15日，赵小兰成为千万竞争者中的幸运儿，被哈佛商学院企管硕士班录取了。在哈佛读研究生的两年里，赵小兰深深地体会到教室中那如战场般的学习氛围。每天老师不讲课，甚至不带教科书只给学生留下三项课题。

学生每天的功课就是理解和解决这些课题。在这样的教学方式下，假如没有充分的准备，是不敢进入教室的，因为教授随时可能点你的名字，而你必须应答如流。

赵小兰的记忆十分深刻，在哈佛求学期间，每天早上8点开始，一直要上课到下午两点半，课后还没有休息的时间，因为要完成三项课题，而每项课题至少要花费三个小时以上，因此必须到图书馆找资料，所以每天都要忙碌到深夜一两点才能休息。

虽然在哈佛求学的那几年很累很累，但却是赵小兰受益最大的几年。由于哈佛的教授们都十分优秀，许多拥有头衔的教授，实际上也是一些大型公司的顾问，无论理论和实践经验都很丰富。赵小兰在他们的熏陶下，通过自身的努力，渐渐成为一位干练的女性，也渐渐培养了自己的领导才能。

在哈佛的毕业典礼上，赵小兰被评为优秀学生代表，带领着硕士毕业生队伍与哈佛告别，她也因此成为第一位获此殊荣的东方女学生。

赵小兰无疑是一个天才，不过在哈佛求学期间，她付出了更多的是勤奋与

月儿弯弯

努力，也正是有了这样的品质，才使她从一个连字母都不认识的小女孩，成为哈佛硕士毕业生，并且最终成为美国历史上的首位华裔内阁成员和劳工部部长，并于2017年1月31日就职于美国第十八任交通部长。

  孩子们，当你读了这篇故事后，你有何感想呢？勤奋的道理人人都懂，可是真正能够用实际行动证明和诠释的人，却少之又少，这里面包含着坚持与顽强，也包含着勇气与智慧。如果能够将这些品质结合起来，并且付诸实际的行动，那么你手中已经握着开启成功之门的金钥匙了。

  最后我希望孩子们牢记："勤劳可以孕育成功与喜悦，至少你应该明白，成功永远不会敲响懒汉之门。"

第四辑·读书札记

从大处着眼，从小处着手

小时候大人常说："要想做一个成功的人，就要从小事做起。"自己常常在想，什么是大事，什么又是小事？我觉得对于孩子们，在学习方面要足够勤奋和努力同时也不要忽略那些微不足道的小事，因为这些也是你取得成绩的关键所在。

换句话说，就是在你勤奋努力学习的时候，不能只有大的想法而没有小的手法，哪怕是微不足道的事，也要花费大功夫才行。例如你的家中有客人来，首先问好，再让座、倒茶，这是做人的礼节。你在家中吃饭时，当大人做好饭，你应该帮忙端菜、端饭，吃完后帮大人收拾碗筷。自己洗衣服，把自己的房间布置得整整齐齐，有条理。打扫好房间卫生，这件小事你能做到吗？

下面我再给你们举一个例子吧：

某国际大型企业要招聘一位技术人才，前来应聘的十个人中，都是世界一流学校的应届毕业生，其中有一人来自哈佛。由于应聘的这个职位，将直接进入企业中层领导的队伍，各方面的待遇都十分诱人，因此应聘者都对这个职位虎视眈眈。

三天以后，企业的招聘名单就将公布了，哈佛毕业生却十分紧张，因为他心里很清楚，自己的竞争对手都是出类拔萃的顶尖人才，所以他只能更加勤奋努力地工作，才能确保自己不被淘汰出局。

在公司应试那几天，每个人都埋头工作，没有精力顾及其他。到了下班那一刻，人们都一跃而起，赶紧伸个懒腰表示"解放"了。

那位哈佛毕业生却不同，他发现同事们走后，经常不会关掉办公室的照明

月儿弯弯

灯和自己的电脑。于是他只能代劳，每次下班后都要确保每个办公室的空调、照明灯、电脑都关掉了之后才放心地离开。

三天的时间很快过去了，当人事部经理公布那位哈佛毕业生被录用之时，众人都感到疑惑极了。

按理说，那十位应聘者的实力都很强，可是为什么最后被录取的是那位哈佛毕业生呢？

人事部经理笑着告诉大家："我们企业之所以录用他，是由于他能够将大家忽略的小事做好，那些细微的小事也许你们也发现了，只是习惯性地忽略或者认为并不重要。可是我想告诉大家，只有在小事上认真负责的员工，才是真正的好员工，在那些微不足道的事情上，足以看见一个人宝贵的闪光点。"

孩子们当你们听到这个故事时，有何想法呢？我要告诫后辈们，在学习上要勤奋努力，这是大事，不过也不要忽略那些微不足道的小事。比如一篇文章给你的启迪，一道题给你的思考或者老师的一句话给你的帮助……

因此我们在日常生活工作中更应该关注那些微不足道的小事，不要让它们积累成山，变成你成功路上的绊脚石。

勤奋和智慧是双胞胎，懒惰和愚蠢是亲兄弟

世界名校哈佛教授迈克尔·桑德尔来中国演讲时说过一段话："一块土地再肥沃，如果不去耕种，也长不出甜美的果实；一个人再聪明，如果不懂得勤奋，也目不识丁。"

一个人智慧渊博并不是一时的热情，或者经过小聪明得到的，而是需要不断地勤奋学习，一点一滴地积累起来的。

下面一则故事：

有一位北大教授的朋友说他有一次作为"旁听生"，亲身感受到了哈佛教授的智慧。

那是一堂很特别的课程，正在讲课的教授却发现几个学生并不十分认真。

于是聪明的教授将几个学生叫起来，问他们将来想做什么人。

几位学生都感到十分无措，也不知道说什么好，于是教授给他们说了一位哲学家的故事。

有一天，哲学家和自己的学生来到一块杂草丛生的土地旁边，问自己的学生："用什么方法可以将土里的杂草除掉呢？"

学生们纷纷给出了自己的意见，有的说用火来烧，有的说用镰刀去割，还有的说喷点农药就解决了……

哲学家并没有对学生的回答做出评价，而是将土地分成三块，让他们按照自己的方法去做。

那个用火烧的同学，一把火就把土地里的杂草烧干净了，不过几天后，杂草又生根发芽，长得茂盛起来。

月儿弯弯

那个用镰刀割的同学,花了一周时间,累得腿脚发软,可是原本清除干净的杂草很快又冒出来了。

那个用农药喷的同学,只是将杂草裸露在土地上的部分除掉了,仍然无法将杂草根除掉。

那几个学生只能失望地离开了。

几个月之后,哲学家再将学生们带到那块土地旁,学生们感到十分惊讶,几个月前还杂草丛生的土地,居然长出了一片绿油油的麦子。

哲学家微笑着对学生们说:"要想彻底清除掉杂草,最好的办法就在土地里种上有用的庄稼。"

哈佛教授的故事讲完了,他走到那几位学生跟前,问道:"你们希望自己的土地里长出荒芜的杂草还是绿油油的麦子呢?"

学生异口同声地回答:"当然是绿油油的麦子了。""很好。"教授不再那样严肃了,而是满脸笑容地说道:"那么你们现在就得努力了!因为懒惰就像土地里的杂草,而勤奋才是绿油油的麦子。"

孩子们,你们应当把身边的杂草清除掉,让甜美的果实成长吧!

热忱对一个人是相当重要的

有句名言是这样说的:"只要你抱着热忱的心态去学习与工作,它会将你生命中的烟花点燃,让你绚丽地绽放,也让世界为你而改变。"

一个人不管做什么事情,热忱都是必不可少的品质,因为热忱可以让你全身心地投入,将事情做得更快、更好。这也是每一位成功人士所必须具有的品质。

我们可以想一下长颈鹿,用它做比喻。我们不妨把自己变成长颈鹿,在那一片干旱贫瘠的草原上寻找食物,走了很久,终于发现一棵树的树梢上长着几片嫩绿的叶片。可是由于我们的个头太矮,想吃又吃不到。

这时候我们会怎么做呢?对了,我们可以尽力地抻长脖子,甚至提起前蹄去吃这些树叶,这便是长颈鹿的做法。它们对于生命充满了坚持与努力,经过无数岁月的更迭以及长颈鹿世世代代的努力,它们的脖子终于长长了,这就是长颈鹿的热忱。

这种热忱不仅获得了生存的空间,也创造了生命世界的伟大奇迹。

下面我给孩子们讲一个人的故事:

这是一位哈佛学子的亲身经历。那一年他在考取哈佛的时候,由于专业课的分数还差五分,所以没有被录取。

他的家人和朋友都很着急,纷纷给他出主意,有的甚至让他去找导师说情。

他很坚定地拒绝道:"我对哈佛充满了热忱,我相信他不会对我一直闭门紧锁的。"

月儿弯弯

最终他没有选择复读，而是到一家高级科研所工作。

在那里他是学历最低的一个人，只能做一个小小的科研员。不过他对自己的工作很有热情，不管做什么都很认真负责。

两年的时间里，他用自己的实际行动创造了一个奇迹——在他工作不到一年的时间里，就成功研发了一个新产品，并且代表研究所去纽约参加了产品交流会。这样的成绩对于这样"低学历"的人来说，简直太不可思议了。

两年以后，他辞去了研究所的工作，因为哈佛大学向他伸出了橄榄枝。他有幸成为哈佛大学的特招生，实现了自己一直以来的梦想。

看完这个事例你们会有什么感触呢？

我想告诉孩子们，失去热忱的生命与稻草人没有区别，只能随风摇摆、碌碌无为地过完一生；而拥抱热忱的人像沐浴在春天的细雨中，在学习中逐渐成长，总有一天会变成国家的栋梁。

热忱但不要盲目

人们常说："盲目的热忱不但不能帮助我们成功，还会阻碍我们迈向成功的步伐。"

有些人老是这山看着那山高，今天看别人学书法，他心血来潮就想学；明天看别人拉二胡，然后改天看别人打球，他心又动了，还有唱歌跳舞……

总之，他啥都想学，啥都坚持不了，结果呢？一事无成，这种热忱太盲目，有损无益。

哈佛大学一共培养出了八位美国总统，四十位诺贝尔奖得主，三十位普利策奖获得者……能够在哈佛深造的学子，自然都拥有百分之百的热忱，不过他们的热忱并不是盲目的。

下面我举一个例子：

刘明珠是哈佛大学的博士后，这位高学历的女强人就职于著名的霍华德·休斯医学研究室。

虽然她头顶哈佛的光环，可是却没有想象中的哈佛派头。相反，她总是以微笑待人，无论何时何地都是一副平易近人的样子。

她原本是一个生活在芜湖的普通女孩，那么她是如何一步步走入世界一流学府的顶级殿堂的呢？就是一股并不盲目的热忱。

在上小学四年级的时候，刘明珠转到新学校，那时候班上的同学们的英语已经学到了第三册，可是刘明珠连最基本的英文字母都不认识。

她对学习充满了热忱，并且一直有着"考大学"的目标。不甘落后的她通过刻苦自学，很快赶上了班里的其他同学，期末考试的时候英语成绩排到了全

月儿弯弯

班第一，让所有的老师、同学都刮目相看。

经过几十年的不断学习，刘明珠从芜湖一中到山东医科大学，再从北京医科大学（现北京大学医学部）的硕士到美国威斯康星大学攻读博士，最后她终于步入了理想中的殿堂，成为哈佛大学医学院的博士后。

很多人都知道刘明珠身上的光环，却不知道她的成绩来源于对学习的热忱和坚定的毅力。

我希望你们应该有一个明确的目标，对于学习不要抱有功利色彩，而应该发自内心的喜爱。对于未来的人生规划，也应该明确一些。

其次，让自己的心理渐渐成熟起来，这样在面对学习与工作的时候，才能更清楚自己的优势与劣势，更清楚自己想要的是什么，追求的是什么。

孩子们，能够让自己的热忱变得不再盲目，那么获得成功的日子便指日可待了。

今天偷懒瞌睡流的口水将成为明天的眼泪

孩子们，成功的秘诀在于：开始着手，只要你马上出发，再远的路程也会到达。

现在正是你们学习的最佳年龄段，你们的身体状态与精神状态都处于人生的顶峰，只要付出相对较少的时间与精力去学习并接受新事物，很容易达到成倍的效果。

应该明白，没有付出，就不会有收获，没有踏出第一步，就永远无法到达终点！

如果你想获得成功，就不要想着安逸，因为二者不可能并存，人常说："今天不努力，明天就暗自悲伤。"

下面我给你们举个事例：

有一个人叫奥布里，大学毕业后在一家软件公司担任管理工作，可是没多长时间，奥布里所在的公司被一家德国公司吞并了。

在递交合同的那一天，公司新任董事长向大家宣布："一周以后将对公司的员工进行德育考核，如果考核不合格，就只能卷铺盖走人了。"

下班以后，所有的员工都到读书馆补习去了，他们都觉得不补自己就来不及了。但是奥布里下班后径直回到家里，人们都以为他放弃了这次考核。

可是当新任董事长公布结果的时候，这个在大家看来最没有希望的人，却得到了最高分。所有人都感到疑惑，奥布里是如何通过公司考核的呢？

原来，奥布里到这家公司以后，发现他们与德国人交流的机会非常多，但由于德语上的不足会给自己工作带来不便，于是开始利用一切时间补习德语，

月儿弯弯

并且一直坚持下来,这才使得他在考核中脱颖而出,没有像其他那些临时抱佛脚的人一样被开除。

看了这则故事,你会有很多感想吧!

你热爱自己的生命吗?你希望自己的每分每秒都过得充实而且有质量吗?那么现在就开始努力学习吧!

不要将今天睡觉的口水变成明天的眼泪!

永远不要把今日之事拖到明日

励志名言：只知道等待明天的人，永远无法将明天握在手里，因为你所等待的明天能够给你的只有死亡和坟墓。

我经常见到好些年轻人，他们总是有意无意地将今日事拖到明日，等到第二天又发现手上的事多了不少，于是只能将明日事拖延到第三天……

如此类推，好像手里的事情总忙不完，又好像自己手里什么事也没做好。

时间是最应该被珍惜的，凡是成功人士，通常会将时间看成是成功的第一要素，他们认为最不幸的事情就是失去时间，因此他们做事讲究立刻行动，绝不拖延。

下面给大家举个例子：

在一次行动研习会上，教授决定和学生一起做一个有趣的活动。

教授从自己口袋里掏出100元钱，然后对台下的学生说："现在我们来玩一个有趣的游戏。"提示大家必须有所投入，并且立刻采取行动。"那么你们谁愿意用50元来换这张100元呢？"

教授在台上重复了几次，可是台下的学生没有一个有所行动，都不敢上台去换那张100元的钞票。

教授等了好久，终于有个学生怯生生地走上台，用一种怀疑的眼光看着教授以及教授手里的100元钞票，不敢贸然行动。

这时候教授提醒他说："还在犹豫什么呢？"

那名学生这才采取了行动，用50元的钞票换去了教授手里的100元。

最后教授总结道："如果你希望自己的人生获得与众不同的成功，那么马

月儿弯弯

上就要行动起来,立刻踏出你的第一步。"

孩子们,你们想想为什么那么多的人不敢贸然行动呢?

我们之间有好多人总是对未来充满理想与憧憬,可是却不能马上付诸行动,或者将所有的计划不断推迟,最终使自己的理想计划和憧憬毁于一旦。

孩子们,从现在开始努力,一步一步走向成功的彼岸。

这里还有一个故事:

艾琳娜在哈佛大学的艺术团里担任一个重要的角色,不过她没有满足于此,而是希望在大学毕业以后,赴欧洲旅行一年,然后再去纽约百老汇打拼。

当艾琳娜将自己的梦想告诉自己的导师时,导师微笑着问她:"为什么一定要等到大学毕业再去百老汇呢?"

对啊,大学生活好像并不能帮助我争取到百老汇的机会,艾琳娜想了想回答说:"我还是一年后就直接去百老汇吧。"

这时,导师又问她:"你现在就出发去百老汇,与你一年后再去有什么不同吗?"

艾琳娜安静地想了一会儿,对老师说:"好像没有什么不同,那我下学期就出发吧!"

导师又紧追不舍地问:"你下学期出发和现在就出发有什么不一样吗?"

艾琳娜有些头晕了,她脑海中全是那双美丽转动的红舞鞋以及那个金碧辉煌的舞台……她下定决心,下个月就出发,前往百老汇打拼。

导师又乘胜追击地问:"你下个月出发和现在出发有什么不同?"

艾琳娜开始行动起来,声音有些颤抖地说道:"好吧,给我一周的时间我准备一下,下周就出发。"

"在百老汇什么生活用品都买不到吗?"导师还步步紧逼。

"那我明天就出发吧!"艾琳娜激动地跳了起来。导师这才满意地点了点头,说道:"很好,我已经给你预定好明天的机票了,祝你好运,孩子!"

第二天，艾琳娜就前往自己心目中的理想胜地——美国百老汇。

孩子们，在我们生活的世界上，有一个绝对的真理是青少年应该明白的，那就是无论你想做任何事情，永远不要等所有的条件都成熟了才开始着手行动，否则你将永远处于等待中。

月儿弯弯

知识是最安全的财富，小偷也无法偷走

名言：知识比金子宝贵，因为金子买不到它。

在现代社会，知识正向资本靠拢，这意味着你掌握的知识越多，你收获的资产也会随之增多。

下面是一则故事：

福特公司是一家大企业，在公司工作的工程师都是各个大学的精英，但是有一天这些精英也遇到了个难题，他们面对发生故障的大型电机束手无策。为了维持公司的正常运转，他们只好请来了权威人士斯坦因梅茨。斯坦因梅茨对电机进行了一番检查之后，又看了一下电路板，将一条线画在电路板的某一位置上，他对身边的人说："这里的线路断了，接通一下就可以了。"工厂的工人照着他的话接通了电机里的线路，电机又正常运转了。当公司请斯坦因梅茨提出修理费用时，他要10 000美元，这让福特公司的员工震惊极了，他们说这简直是敲诈。斯坦因梅茨一句话也没说，拿出笔在付款单上写道："1美元是画一条线的钱，而另外9 999美元是知道将这条线画在哪里的费用。"其他人看了羞愧难当。

故事讲完了，孩子们觉得怎么样，你有何收益，你该怎么办？

画一条线，我想每个人都会，但是知道应该把线画在哪里的人就少了，可以说斯坦因梅茨是用他的知识来换取的这笔财富，证明了知识与资本是相互融合的关系，这也充分体现了知识具有的价值是其他东西无法比拟的。

不断充实自己，并学会把知识转化为能力

学习到底对个人的成长有怎样的作用，如果我们不参与人类社会的学习，那么我们会有怎样的变化？近年来，人们在一些山林以及偏僻的地方发现了一些猪孩和狼孩，善良的人们把他们带入了文明社会中，但是他们的表现让人们很是震惊，人们通过研究这些被野猪或是狼抚养长大的孩子发现，只有学习才能让人成长，也只有学习才能获得让人生存的能力。

1724年德国人发现了狼孩——"野彼得"，人类学家通过一段时间的观察发现：学习对生物存在起着决定性作用，一个人跟着狼群学习，那么他就会成为一匹"狼"；如果他跟人学习，那么他就会成为一个"人"。

假如我们把一个天才扔进狼群里去，他也会成为一个狼人，他掌握的只是狼群的捕食以及生存的习惯，对人类社会的生存技能是一窍不通的。所以说只有学习才能为我们增长才能，才能让我们掌握生存下去的力量。

下面是一则故事：

2012年，哈佛大学向一位中国女孩发出了博士研究生录取通知书，并且承诺免除她的所有学费，而且每年还为她提供3万美元的生活费。这个女孩是谁，为何能引起哈佛如此的重视而且为她提供这样的优厚待遇？她就是郭萌。

2012年年初，郭萌被评选为"全美数学最优秀的女生"。这项荣誉的获得者数量可是少之又少，每年只有几个人能够享此殊荣。美国伊利大学香槟分校在主图书馆的墙上篆刻了郭萌的名字，这是中国学生第一次在国外获得这项荣誉。

郭萌在平时学习就非常刻苦，而学习数学更是需要花费大量的时间做练习题，只有一遍又一遍地将所学的公式、理论结合到习题中，才能熟练掌握所学

月儿弯弯

的内容。郭萌每天不仅要完成导师布置的作业，还经常尝试用不同的解法去解开各种数学难题，她明白仅仅掌握公式和理论是不够的，要想进一步提高自己的学习能力，必须将所学运用到实际当中去。她每天都要在图书馆待很久，坐在那里苦思冥想，只为解开一道数学难题。

久而久之，她就养成了用多种方法解决问题的良好习惯，有时导师用一种方法为大家解开难题后，郭萌就会很快想到用另外的方法去解决。导师和同学都很赞赏郭萌的聪明才智和勤奋钻研的精神。因此，哈佛大学以及其他享誉世界的名牌大学都提前向她发出了博士研究生的录取通知书，因为如此善于学习的学生必定拥有非凡的能力，无论她走到哪里，都会将知识的力量传递下去。每所大学都希望她能为学校带来不竭的动力，让学术永远放射出耀眼的光芒。

通过郭萌的故事，大家应该明白一个道理：我们在加强学习知识的时候，不能忘了能力的培养，而能力从何而来，它是从学习中转换来的，我们一定要协调好二者的关系，让二者形成最好的黄金比例，这样才能让学习转化为能力，让能力进一步促进学习，二者相辅相成、互相促进，最终才能让我们身体内隐藏的巨大潜力发挥出来。让我们凭借知识的力量去改变自己、改变命运，最终改变世界。

一个人只是一味学习课本里的知识，而不知道如何运用所学的知识，那么最终培养出来的只是一个书呆子，对于实践和应用都一无所知。

例如战国时期，赵国的赵括，他是名将赵奢的儿子，只会"纸上谈兵"。他从小就熟读兵书，谈起军事来，他的父亲都不及他，后来他接替了廉颇的职位，当了将军，在长平与秦兵一战中……我就不多说了，这是连三岁小孩都知道的事……

投资未来的人，才是忠于现实的人

名言：学习改变世界，知识成就未来。

知识能够改变自身，也能改变这个世界。人类的进步、科技的发展，无不是知识作用的结果。

哈佛教授告诉学生一个"投资未来"的故事：在很久以前美国加利福尼亚州的乡村有两个年轻人，他们的工作就是每天挑水去城里卖，一桶水可以卖2美元，一天最多能挑够20桶。

有一天两位年轻人商量自己的未来，其中那个年纪稍大一点的年轻人说："现在我们还年轻，每天挑20桶不成问题，可是很多年以后，我们都老了，还可以每天挑20桶吗？"另一年轻人若有所思。年纪稍大的继续说："我们为什么不挖一条水管到城里去呢？这样以后就不用那么累了。"

另一位年轻人想了一会儿才说："如果我们把所有的时间都用来挖水管，那么一天就赚不到20美元了。"

由于两位年轻人的想法不同，他们开始按照各自的方式安排自己的未来。年纪稍大的每天挑7次14桶水，把剩下的时间用来挖水管，而另一位年轻人继续每天挑20桶水。

五年后，两位年轻人的境遇有了天壤之别。年龄稍大的已经是一家自来水管道公司的老板，而另一位年轻人却只能继续挑水去卖，并且人们更愿意花钱安装通水管道了……教授将这个故事讲完，兴致勃勃地问他的学生："大家听完这个故事有什么感想呢？"

孩子们，你们不要把时间和精力都花在眼前微薄的利益上，牢记一句话："要想获得成功，就从现在开始投资未来！"

月儿弯弯

利用你的创造力打破思维的枷锁

创新能力并不是一种后天要努力去学习的能力。我们天生就具有这种能力，但是我们要善于运用这种能力，不要受思维定式的影响，要从传统观念中走出去。

下面举个例子吧：

一个普通的商人，他的作坊只制作和销售巧克力，但一到夏天，天气非常炎热，巧克力在高温下会变软，然后慢慢融化，因此夏天一般商店都不进巧克力，他的生意也就冷淡了。于是他又创新了一种新的糖果，而且能够起到消暑的作用。这种硬糖，夏天一到销量特别好，而过了夏天，巧克力销量就越来越好，于是他又做巧克力，后来他就不担心产品的销量问题了。

我们学习的知识都只是一个新客体，它们难以发挥作用，能够让它们起作用的主体是我们，只有我们才能进行思考、创新以及创造等行为。

下面有一则故事，你听后能答出来吗？

一个国王和大臣们走进了后花园，大家在欣赏景色的时候，国王指着不远处一个大水池提出了一个问题："谁知道这水池的水能装满多少个桶？"大臣们谁也答不上来，国王很生气地说："你们平常一个个都饱读诗书，连这么简单的问题都解答不出来吗？"大臣们都羞愧难当，最后国王限他们三天内必须给他一个答案，否则就要处罚这些大臣。三天过去了，但大臣们还是没有得到问题的答案。国王要处罚这些人时，负责给花园修剪树的园丁的小儿子出来了，他只有七岁，当他听到国王的问题时，连连说："这个问题很简单。如果是和水池一样大的桶，那就可以装满一桶，如果是水池一半大的水桶，那就可以装满两桶……国王听了很高兴,这个问题解决了,那些知识渊博的大臣们十分羞愧。

　　孩子们,当你们进入社会后,不要像那些大臣一样,思维受到局限和束缚。要永远保持想象力和创造力,这样才能帮助我们更好地解决问题,而不是在问题面前陷入死角。

月儿弯弯

如何抓住身边的每一次机遇

名言：一个人不论干什么事，失掉恰当的时机、有利的时机就会前功尽弃。

机遇得用智慧和脚踏实地来捕捉。机遇是充满魔力的，它不容易被发现，更别提如何抓住它了。所以，想要抓住机遇，就得靠智慧，就得下功夫。

下面是一则故事：

曾经，哈佛大学的校长做了一件错误的事，因为他没抓住机遇，为此付出了巨大的代价。

当时，一对老夫妻没有事先预约就奔向了校长的办公室，那位老妇人穿着一套褪了色的棉衣服，而她的丈夫则穿着一套非常廉价的西装。

看到两位老人的着装，秘书断定这两个乡下人不可能跟哈佛的业务相关。

起先，老先生对秘书说："我们要见校长。"

秘书十分礼貌地说道："校长每天都非常忙。"

老妇人回答道："没事，我们可以等。"

过了好几个小时，秘书都没有理睬他们，希望两位老人能够知难而退。没想到，他们却一直在那里等着。

秘书把这件事告诉了校长，并说："也许他们跟你讲几句话后就会走开了。"

校长勉强地答应了下来，他十分傲慢而且不情愿地走到这对夫妇面前。

老妇人对校长说："我们的儿子曾在哈佛上过一年学，他十分热爱哈佛，他在哈佛生活得很愉快。然而，在去年，他不幸出了意外，离开了我们。我和丈夫商量着在校园给他留下一件纪念物。"

校长没有为此而感动，反而觉得这种想法十分滑稽，他粗声地说道："夫人，这个做不到，如果我们为每一位曾读过哈佛而后死亡的人立雕像的话，那么校园就成了墓园了。

老妇人说："你理解错了，我们不是为儿子竖立雕像，而是想捐一栋大楼给哈佛。"

校长打量了一下这对夫妇朴素的着装之后，傲慢地说道："你知道一栋大楼要花多少钱吗？我们学校每一幢建筑物都超过了750万美元。"

老妇人沉默了。校长想，终于可以将他们打发走了。

这时，老妇人转向她丈夫，说道："750万美元可以建一幢大楼？那么我们可以建一座大学来纪念我们的儿子啊！"

这对夫妇离开了哈佛，来到了加州，建起了著名的斯坦福大学，用来纪念他们的儿子。

我想，能够抓住机遇是非常幸运的，然而这个校长为什么无法得到幸运女神的眷顾呢？其实，很多时候，机遇可能就摆在我们面前，只是自己没有抓住罢了，如同这位哈佛校长。

这位校长自身素质不高，以貌取人，才让机遇白白地失掉了，如果当时他谦逊一点，态度再诚恳一点，就会为学校带来良好的机遇。

你漫不经心，而机遇会与你失之交臂！

月儿弯弯

盲哑姑娘的故事

20世纪美国著名的社会活动家、盲哑女作家,她依靠自己顽强的意志力获得了哈佛大学的青睐,成为世界上第一个完成大学学习的盲哑人,她就是海伦·凯勒。

1882年,才刚刚满一岁的小海伦因为发高烧而感染了脑炎,从此眼睛看不见、耳朵也听不到。再后来连最基本的说话能力都失去了。

小海伦在没有光明和声音的世界里慢慢长大,七岁的时候,一位名叫苏利文的老师走进了她的生活。

原来,苏利文老师小的时候,也差点失明,因此对于小海伦的遭遇很是同情。

苏利文老师的教育很特别,为了让小海伦亲近大自然,她带着小海伦躺在青草地上,轻嗅草地的清香;为了让小海伦知道什么是"水",就让小海伦亲自去摸水龙头;还和小海伦一起去河边玩水……在苏利文老师的关怀和指导下,小海伦战胜了重重困难,变得越来越有自信心,并且最终被哈佛大学录取了。

1936年,和海伦一起生活了50年的苏利文老师永远地闭上了自己的眼睛。海伦十分难过,因为她失去了给她带来希望和光明的人。

从此以后,海伦决定将老师的爱播撒给世界的残疾人士。她先后完成了很多著作,她的事迹还被多次搬上荧屏。美国《时代周刊》还将海伦评选为"二十世纪美国十大英雄偶像之一",还荣获"总统自由奖章"。

海伦·凯勒一直生活在没有光明的世界里,可是她自信与坚强的意志力,却让人们看到了光明与希望的存在。

我的孩子们,当你们看到或听到这个故事后,你们会有什么感想呢?一个残疾人能做到这样的事情,而我们正常人为什么做不到呢?

假如一个人缺乏自信,没有能够控制自己的意志力,那么他如何能够持之以恒地坚持下去?又如何能够拥有创造和发明的可能性呢?

我记得有位名人曾说过:"一个人的力量并不是指他的体力,而是指他钢铁般坚韧不拔的意志力!"

孩子们,你们有这样的意志力吗?海伦能做到的,你们一定也能做到。

要相信自信的秘诀就是不惧怕失败,在不断地跌倒和爬起间,自己会站得更高,看得更远。

月儿弯弯

大学校长出走以后

哈佛大学一位校长有一次来北京访问时,曾讲述过自己的一段亲身经历:

前几年,这位校长给学校请了几个月假,只身一人去了美国南部的一个农村。临行前,校长告诉家人,不要担心他,也不要问他去了哪儿,他会定期打电话报平安的。

就这样,校长尝试着在一个谁也不认识他的地方,过着另一种不同的生活。在农村的那几个月,校长去农场打过工,去饭店刷过盘子等等。这些体验让他感觉到身心愉快。

最有意思的是,他的最后一份工作是在一家餐厅刷盘子。他只干了四个小时,然后老板叫他去结账。他被解雇了,原因是他刷盘子刷得太慢了。

后来校长重新回到了哈佛,回到了自己以往熟悉的生活中,他发现自己的工作变得新鲜有趣起来。

孩子们,当你看了这个故事,又会有什么感想呢?

我曾多次遇到过这样的事情,例如,有一次我上县城去卖鸡蛋,那是将要过元旦的前两天,我把变蛋卖给县人行就是中国人民银行,人家叫我写张领条,领钱,当时我写了张领条,其中有个会餐的"餐"字,我写得很正确,那个会计用惊讶的眼光瞅瞅我,并说:"一个卖变蛋的字还写得这么好,这个'餐'字,十个人就有九个不会写,你为啥会写呢?你念过几年书?"我说:"我上过几天学,不过我爱看闲书。"

这个会计哪知道站在他面前的是一位曾经的大学毕业生,在中学教语文课的中学高级语文教师。

还有一次我在西安住院，医生一看我的身份证，以为我是一个老农民，因身份证写的是"永丰李洼六组"。医生让我填表，我填后医生又惊讶地说："你识字？字又写得这么好，真没看出。"我说："一般，并没有什么特别。"

孩子们，请你们牢记，人生要定期给自己复位归零，清除心灵上的污染。不要老觉得自己比别人高高在上，高人一等，那是不对的，让现在的"有"归于现在的"零"，卸下包袱上路轻轻松松地走向未来，难道不是一桩美妙的事情吗？

月儿弯弯

贫穷而不自卑

企业要招一名总经理助理，于是我同总经理到一所学校应届毕业生中去招聘。对于陈总的举动，我不大敢认同。就算这些学生中真有黑马，也是没有经验的黑马，他也太冒险了。

他让那些应聘的学生站成一排，然后他出了第一个问题，家在本市市区的学生站出来，结果家在本市市区的学生，脸上带着扬扬得意的优越感站了出来。一般情况下，招聘单位不愿意解决新人的食宿问题，所以都会就地取材。想不到陈总却说，你们可以走了，家在外市市区的同学你们也可以走了。

剩下的是一些来自农村和山区的学生，陈总说："每月生活费在400块钱以上的同学站出来。"呼啦一下子大部分同学都站出来了，只剩下三位灰头土脸的同学，我觉得这三位必走无疑。谁知道陈总却对那些每月生活费在400元以上的同学说："你们可以走了。"

剩下的三个同学，其中一个同学来自本市郊区，木讷少言，站在那里，垂着头，一言不发；另外一个同学来自陕北，自卑胆怯，站在那里，目光游移不定；而最后一个同学来自贵州，他叫林小北，站在那里，目光明亮地盯着陈总。

陈总逐一问了他们生活费的来源，本市郊区的那个同学说："他的生活费和学费来自父母，父母下岗后，靠碰海供他上学，运气好的时候，靠碰还能碰上海参之类，所以他的生活费时多时少。"来自陕北的那个同学，他的父母都是农民，面朝黄土背朝天，他的生活费多半来自社会救助，少半来自贷款。生活得谨小慎微。唯有林小北，他的生活费全是自给自足。

陈总问林小北是怎样挣到生活费和学费的。林小北不卑不亢地说："课余打工和写作。我在食堂里洗过碗，做过家教，派发过广告，给报刊写过稿，供自己读书富而有余，而且还可以每年还上中学时借来的一部分钱。"

陈总脸上露出了满意的笑容。他站起来说："小伙子，你是好样的，就是你了，你还欠多少钱没还上？"

林小北想了一下说："一万块吧！"

陈总顺手从口袋里掏出一张银行卡递给林小北："这里有一万块，你去把欠款还上，准备一下，然后安心到公司来上班。"

我发现林小北攥着银行卡的那只手有些抖，我忽然觉得人尽管有很多东西不能按自己的意愿去选择，比如出身、比如父亲、比如疾病，但都可以按照自己的意愿去生活。有时候钱多并不代表优势。林小北因为贫穷，等到了一个机会。豆芽菜也会长成参天大树。

孩子们，你们看到这个故事有何感想呢？陈总为何只选林小北呢？

因为林小北有自强的生活能力，因为他不自卑，对生活充满了信心。所以你们以后也不要见人就木讷、垂头、胆怯，要抬头挺胸，要目光明亮，这才是你接人待物最该有的精神面貌。

孩子们，你们觉得这是件真事吗？或者说是虚构？

是的，这只是一篇微型小说而已。

月儿弯弯

一个穷大学生的自述

当父亲叹着气，颤抖着手将四处求借来的4 533元递来的那一刻，他知道缴完4 100元的学费、杂费，这一学期属于他自己自由支配的生活费就只有433元了。他也清楚，老迈的父亲已经尽了全力，再也无法给予他更多。

"爹，你放心吧，儿子还有一双手、两条腿呢。"强抑着心酸，他笑着安慰完父亲，转身走向那条弯弯的山路，转身的刹那，有泪流出。穿着那双半新的胶鞋，走完120里山路，再花上68块钱坐车，终点就是他梦寐以求的大学校园。

到了学校扣除车费，缴上学费，他手里就只剩下可怜的365块钱了。5个月，300多块钱，应该如何分配才能熬过这一学期？

饭，只能吃两顿，每顿必须控制在2块钱以内。这是他给自己拟订的最高开销。可即使这样，也无法维持到学期末。但他是个聪明的男孩，入校没多久，他便发现一个有趣的现象：校园里，特别是大三、大四的学生，"蜗居"一族越来越多。所谓"蜗居"，就是一些家境比较好的同学，整日缩在宿舍里看书、玩电脑，甚至连饭都不去打。而他又是在大山里长大的，坑洼不平的山路给了他一双"快脚"，上五楼、六楼也是一眨眼的事情。

思来想去，他一狠心，跑到手机店花了150元买了一部旧手机。第二天，学校的各个宣传栏便贴了一张张手写的小广告。

"你需要代理服务吗？如果不想去买饭、打热水、缴纳电话费……请拨打电话告诉我，我会在最短的时间内为你服务。校内代理每次1元，校外代理1公里内每次2元。"

第四辑·读书札记

小广告一出，他的手机几乎成了最繁忙的"热线"。一位大四美术系的师哥第一个打来电话："我这人懒，早上不愿起床买饭，这事就拜托你了！""行，每天早上7点我准时送到你的寝室。"

他刚记下这单生意，又有一位同学发来短信："你能帮我买双拖鞋送到504吗？41码，要防臭的。"

当天下午另一位同学打来电话，让他去校外一家快餐店，买一份15元标准的快餐。他挂断电话，一阵风似的去了，来回没用上10分钟。"这也太快了！"那位同学当即掏出20元钱递给他，他找回了3元，因为事先说好的出校门，无论大小事都是2元，后来就冲这效率、这信用，各个寝室只要有采购的事，总会想到他。

生意能有如此火爆，的确出乎他的意料，有时一下课，手机一打开，里面便堆满了各种各样要代理的信息。一天下午倾盆大雨哗哗地下着，手机却不失时机地响了，是位女生发来的短信。女生说她要一把伞，越快越好。接到信息，他一头冲进雨里，等被浇成"落汤鸡"的他把雨伞送到女生手上时，女生感动不已，竟给了他一个温暖的拥抱。

那是他第一次收到女孩的拥抱，连声说谢谢，泪水却止不住地涌出……

随着知名度的提高，他的生意越来越好，只要顾客需要，他总会提供最快捷、最优质的服务，一转眼第一学期就在他不停地奔跑中结束了。

转过年，他不再单兵作战，而是招了几个家境不好的朋友，为全校甚至校外的顾客代理服务，代理范围也扩大了，慢慢地从零零碎碎的生活用品扩大到电脑配件等电子产品。等一学期跑下来，他不仅购置了电脑，在网络上拥有了庞大的顾客群，还被一家大商场选中，做起了校园总代理。

大学四年，他不仅出色地完成了学业，还赚取了将来创业的"第一桶金"。

这孩子叫何家南，是一个从大兴安岭腹地跑出来，径直跑进首都师范大学

月儿弯弯

的大三学生。虽然如今做了校园总代理,可他依然是他,依然是那个朴实、勤劳,为了顾客打一壶热水收取1元钱的总代理,像风一样奔跑的小男孩。

我的后辈们,你们看了这则故事,心里有何触动呢?请你们换位思考一下,你能做到吗?你会做到吗?你大多想的是怕人讥笑,丢了你的人吧!

请把这位同学当作你的楷模吧!

虽然我是一位教师,但我这一生当过屠户,还卖过鸡蛋、卖过肉、卖过甜瓜、卖过小鸡、卖过菜,啥都卖过,我不怕丢人。